Le charpentier du paradis

Antonin Malroux

Le charpentier du paradis

ÉDITIONS FRANCE LOISIRS

Depuis 2016, l'école communale de Boisset, village natal de l'auteur, est devenue l'école Antonin-Malroux.

Éditions du Club France Loisirs,
avec l'autorisation des Éditions Calmann-Lévy

Éditions France Loisirs,
31, rue du Val de Marne, Paris.
www.franceloisirs.com

ISBN : 978-2-298-16752-8

« Je ne trempe pas ma plume dans un encrier mais dans la vie. »

Blaise CENDRARS

Le XIXe siècle s'achevait mais l'histoire continuait de s'écrire, page après page, dans le manuscrit du temps, impossible à refermer.

1

1897

Le printemps avait fendu la coquille de l'hiver. Enfin libre, il allait vivre sa destinée. Sa sève se diffusait, elle envahissait tout. Inconsciemment, les êtres humains s'abreuvaient du souffle de cette nouvelle saison. Le matin, dès qu'ils ouvraient leurs fenêtres, les premières lueurs du soleil faisaient cligner leurs yeux. « Ça va nous changer », pensaient-ils. Ils respiraient un bonheur « gratuit » – les Auvergnats aiment ce terme – sans en rougir.

Dans ce village du Cantal du nom de Boisset, le temps s'égrenait sans qu'on y prête attention. À quoi bon ! Ici, il y avait tout pour être heureux. Le bien-être était presque palpable. S'ils avaient pu, les habitants l'auraient recueilli comme l'eau d'une fontaine, dans les paumes jointes de leurs mains.

Au milieu de ce foisonnement de vie, un homme et une femme allaient se confronter à des évènements que la raison seule ne pouvait suffire à expliquer.

Il s'appelait Martin Bayerols. C'était un jeune homme de dix-huit ans, charpentier, bâti comme on pouvait imaginer les hommes de ce métier. Une corpulence imposante, des mains fortes aux doigts usés par le maniement des outils et les bois de charpente. Son père aussi était charpentier mais dans une autre entreprise. La situation leur permettait de ne pas se chamailler, voire de s'entraider.

Martin rentrait chez lui tous les soirs, ce que sa mère appréciait ainsi que sa jeune sœur, Jeanne. Il était reconnu parmi les camarades de son âge. Dans le pays, on savait qu'il se préparait un avenir respectable grâce à son noble métier. Il y avait tant à faire à Boisset et ses environs, les vieilles charpentes nécessitaient sans cesse des réparations.

– Avec deux charpentiers à domicile, nous n'avons rien à craindre des problèmes de toit, plaisanta sa mère.

– Comme tu ne nous paierais pas bien cher, il vaut mieux ne pas en avoir.

Elle leva la main vers son fils, feignant de lui donner une gifle. Elle souriait. Elle savait que ses propos ne contenaient aucune méchanceté. Maria Bayerols changea de sujet :

– Avec le printemps qui arrive, du travail m'attend au jardin. Il va falloir que je m'y mette.

– Ce jardin est bien trop grand pour toi toute seule, nous sommes là pour t'aider, comme d'habitude.

– Et aussi pour manger ma soupe, pardi !

– Tu la prépares si bien.

– Comme tes vêtements, n'est-ce pas ? J'entretiens tes bragues de velours et ta belle chemise blanche pour que tu parades sur la place du village les jours de fête et de repos. Il y a aussi ton chapeau de feutre marron que tu réclames toujours, sans oublier ta ceinture de flanelle, ton gilet et la chaîne d'une montre manquante.

– C'est la tenue des charpentiers! Je dois être impeccable si je veux devenir compagnon, c'est un honneur que d'en être! Je travaillerai autant que père. Il est devenu un maître respecté.

– Et pourtant, lui ne porte pas de variantes de sa tenue le dimanche. Alors que toi...

– Nous sommes différents sur ce point mais, comme lui, j'aime travailler le bois. Quand je regarde les arbres, les chênes, les châtaigniers, les hêtres lisses et tous les autres, je pense à ce que je pourrai en faire, plus tard, lorsqu'ils seront coupés.

– Quel fils formidable! Mais je ne suis pas objective, je suis ta mère, c'est mon cœur qui s'exprime.

– Tu ne me parles jamais comme ça à moi! intervint Jeanne. Je vois bien que Martin est ton chouchou.

– Et toi, tu es une pauvre malheureuse, tout le village est au courant, se moqua la mère en la prenant dans ses bras.

Serrée contre sa poitrine, Jeanne parvint à riposter:

– Heureusement que papa m'aime, lui...

Cette maison respirait la joie de vivre. Les Bayerols travaillaient tous non loin de chez eux, auprès d'artisans locaux. Jeanne avait commencé un apprentissage chez une couturière. Maria jardinait. Tout le voisinage était envieux de ses cultures potagères.

– Comment faites-vous pour avoir des légumes aussi beaux? Il n'y a que chez vous que l'on en voit des pareils.

– Je passe des heures dans mon jardin, où voulez-vous que j'aille autrement?

Elle se retenait de dire : « Je ne piaille pas chez les autres, je préfère m'adresser à mes plantes. » Sa cave ne manquait pas de réserves : fruits, légumes, noix, châtaignes et autres merveilles dont elle gardait le secret, attendaient les jours d'hiver. Le mois de mai venait de commencer et les lilas embaumaient toute la propriété, envahie par les mauvaises herbes qui poussaient de toutes parts. Au cours de la journée, Maria ne prenait presque pas de repos.

– Vous avez une santé de fer, lui disait-on.

Pour toute réponse, elle souriait.

Ce mois-là amenait au pays une jolie demoiselle. Elle s'appelait Bérangère. Intimidés, les garçons la regardaient sans oser l'approcher. Ce n'était pourtant pas une gravure de mode mais elle dégageait quelque chose de mystérieux, une forme de grâce. Elle venait chaque année ou presque chez ses grands-parents paternels, les Saintorge, une première fois en mai et une autre en juillet ou en août. Ils habitaient aux Églantiers. Martin et Bérangère étaient amis d'enfance. Lorsqu'elle était là, ils ne se quittaient pas. Quand on lui demandait ce qui la poussait à revenir régulièrement dans cette maison isolée, elle répondait que c'était son havre de paix. À croire qu'à Paris elle n'était pas heureuse, en tout cas pas assez. Ou bien cachait-elle un secret ?

Ses parents ne se montraient quasi plus à Boisset. Ici, on disait qu'ils préféraient désormais mener grand train là-bas, à la capitale. On racontait que leur affaire prenait de l'importance, que le petit bistrot qu'ils avaient ouvert s'était métamorphosé en grande brasserie et que des gens haut placés la fréquentaient. Le père de Bérangère n'était pas le premier Auvergnat à réussir à Paris, aidé par son épouse, une Aveyronnaise aussi ambitieuse que lui, voire davantage. Juliette Saintorge jubilait de voir débarquer dans son établissement des artistes, des acteurs, des chanteurs, des célébrités du théâtre ou de l'opéra. De son côté, Bérangère était comme soudée aux Églantiers et à ses grands-parents qu'elle adorait.

Martin avait été prévenu de l'arrivée de Bérangère aux Églantiers. Il savait qu'il allait la retrouver sur la place de l'église. En ce matin dominical, c'était là que les jeunes et tout le village se donnaient rendez-vous. On s'endimanchait pour la messe. Les femmes portaient un foulard sur la tête et au bras un sac à main garni de quelques pièces ou de billets pour la quête. Selon ses humeurs, le curé accueillait les fidèles aux portes de l'église ou bien ne prenait même pas le soin de les saluer. À la campagne, les hommes et les femmes étaient encore séparés pendant l'office.

Martin était le plus beau. Le jeune charpentier portait fièrement les habits entretenus par sa mère, spécifique à son corps de métier. Ses amis s'amusaient toujours à commenter sa tenue. Les sifflets et les exclamations accompagnaient ses déambulations. On le brocardait aujourd'hui d'autant plus qu'il venait de choisir son nom de compagnon : « Martin Liberté » !

L'apparition de Bérangère stoppa net le brouhaha. Tous vinrent lui dire bonjour. Les filles l'embrassaient et les garçons lui tendaient la main, sauf Martin. Il enleva son chapeau et lui fit la bise avec affection.

Autour, les gens plaisantèrent. Ils savaient que ces deux-là étaient liés par un peu plus que de l'amitié mais qu'ils refusaient de se donner en spectacle. Elle portait une jupe longue plus colorée que celles des autres filles, ornée de fleurs vert amande et orangées.

– Comme d'habitude, tu nous arrives avec le coucou !

– Non, lui est déjà là depuis plus d'un mois. Mon grand-père m'a toujours répété qu'ici, on l'entendait chanter presque tous les ans dès le quatre avril !

– Pour une Parisienne d'adoption, tu nous en bouches un coin, réagit le plus innocent du groupe.

Bérangère et Martin se prirent par la main. Les autres se remirent à discuter du village, de leur travail, des fâcheries entre untel et untel. Bérangère découvrit les couples qui s'étaient formés depuis sa dernière venue. Le temps passait si vite. La messe se termina. Les ouailles sortirent de l'église.

– Allons prendre un verre, dit Martin.

– Bérangère, il faut que tu saches que ton Martin s'est trouvé un nom de charpentier, comme il est de coutume chez les compagnons.

Bérangère regarda Martin droit dans les yeux, dans l'attente qu'il le lui annonçât.

– J'espère qu'il me plaira.

Martin resta muet, fit languir Bérangère.

– Alors, dit-elle enfin, pourrais-je connaître à mon tour ce nom si secret que plus personne n'ignore ?

Tous s'esclaffèrent. Martin voulut faire durer le suspense encore davantage mais un des jeunes lança tout fort :

– Martin Liberté !

Bérangère fut si surprise qu'elle demeura bouche bée, les yeux grands ouverts. Puis elle retrouva ses esprits.

– C'est magnifique ! Comment l'as-tu trouvé ?

– Je ne sais pas trop. La liberté représente quelque chose d'important pour moi. Et puis je suis un autre désormais. J'entame une nouvelle vie, un parcours responsable. Certains vont sans doute se moquer de ce nom mais je saurai le défendre.

Ses amis applaudirent. Martin croyait en son destin. Bérangère n'ajouta aucun commentaire. Les mots de Martin déclenchèrent une lumière dans ses yeux. Son ami était en train de devenir un homme.

– Martin Liberté aurait-il des projets en tête ?

– Nous en reparlerons plus tard. Cet après-midi ?

– Si tu veux. Mes grands-parents n'ont jamais interdit nos rencontres, ils ne vont pas s'y mettre aujourd'hui.

– Alors c'est entendu ! Retrouvons-nous près de la rivière, à côté de la grange. Mais maintenant, allons boire un coup, les copains nous attendent.

Certains les accompagnèrent au café, d'autres s'en allèrent après les avoir salués.

– Soyez sages, balança l'un d'eux, goguenard.

Ils s'assirent à une table dans un coin de la salle et s'aperçurent que personne n'osait les rejoindre.

– Ils ne veulent pas nous déranger, expliqua Bérangère. Ils savent bien que nous deux, enfin, que toi et moi…

– Tu es arrivée hier soir ?

– Oui, et je n'ai pas pu attendre plus longtemps pour venir te dire bonjour. J'ai l'impression que quelque chose en toi a changé. Tu vas bien, Martin ?

– Toi, tu es de plus en plus belle ! Fais attention, j'ai observé les regards des hommes qui se posent sur toi. Eux aussi ils ont changé.

– Quelque chose te tourmente, Martin, dis-moi !

– J'ai beaucoup de travail, voilà tout. Et puis tu es si loin. Ton absence me pèse. Parfois, j'ai envie de tout quitter et de te rejoindre à Paris. Le travail ne doit pas manquer là-bas.

– Tu n'y serais pas heureux, je le sais.

Bérangère songea à ses parents, ces cafetiers devenus brasseurs, pour qui le Cantal n'était déjà plus qu'un lointain souvenir. Il était bientôt midi et demi. Martin n'avait pas vu le temps passer.

– Mince, je n'ai pas entendu sonner l'angélus ! On se voit tout à l'heure, à l'endroit habituel. Je meurs d'envie de t'embrasser.

– Quelle drôle d'idée, répondit Bérangère en se levant.

– Salue bien tes grands-parents de ma part, tu sais que je les aime beaucoup.

Les jeunes amoureux sortirent du café côte à côte. Ils échangèrent quelques baisers puis chacun reprit sa route. Martin regarda Bérangère s'éloigner le plus longtemps possible, jusqu'à ne plus la voir.

Le printemps apportait à Martin un plaisir aussi doux que le parfum des roses. Il se sentait vivre, comme les lilas secoués par le vent. Il avançait d'un bon pas vers chez lui alors que, plus loin, Bérangère chantonnait sur le sentier, l'air enjoué. Les Églantiers se situaient à l'orée du village, non loin du ruisseau clair qui brillait au soleil. La façade de la maison des Saintorge était exposée plein sud. Elle portait bien son nom : leur terrain était bordé d'églantiers. Ils fleurissaient plus tardivement que les lilas et sentaient moins fort. Leur allure était aussi plus délicate, avec leurs petites fleurs. Des rosiers sauvages en somme, libres et non domestiqués.

À chaque fois que Bérangère avançait vers cette demeure, elle se surprenait à ouvrir les bras, comme si elle voulait recueillir le paysage tout contre elle. Son émotion était parfois si intense qu'elle parlait tout haut, « mon havre de paix, mon refuge ». Gardy, le vieux chien noir, était assis devant l'entrée, sous un figuier. Il jouait la sentinelle malgré son âge. « Il faiblit, pensait Bérangère, pourvu qu'il vive encore un peu. » Il n'était plus ce gardien dynamique qu'il avait été autrefois mais il était toujours là, un compagnon dont on ne pouvait imaginer se séparer, un atour familier du décor. La jeune fille traversa le jardin et la porte s'ouvrit. Hortense et Eugène Saintorge l'attendaient, qu'importait l'heure de son arrivée. La table était mise. Le silence dans la maison laissait la pendule diviser le temps en milliards de secondes dans un bruit mécanique.

– Tu es belle comme le jour, dit Hortense. Lorsque tu nous rends visite, tu nous rajeunis.

– En te voyant, ta grand-mère repense à elle lorsqu'elle avait ton âge, décrypta Eugène. Elle était aussi belle que toi, enfin peut-être pas tout à fait quand même.

– Ma robe avait moins de couleurs. À l'époque, on s'habillait en sombre, déjà comme des vieux.

La nostalgie barra le front d'Hortense.

– Elle t'a tout de même séduit, grand-père ?

– Ah ça oui, je n'étais pas bien malin à l'époque mais l'effet qu'elle me faisait, je m'en souviens très bien. Et puis aujourd'hui nous sommes là et nous avons la plus jolie petite-fille qui soit.

Bérangère se jeta dans ses bras, puis dans ceux de sa grand-mère. Ses yeux s'embuèrent. Il était temps de passer à table. Avant de commencer le repas, Eugène demanda à sa petite-fille :

– Tes parents vont bien ?

– Oui, ils vont bien, ils travaillent beaucoup.

– Tu les aides toujours ?

– Toujours. Je leur donne un coup de main pour le service et je mets à jour leur comptabilité, il vaut mieux que ça soit quelqu'un de la famille qui le fasse.

– Pourquoi donc ?

– Faut pas toujours tout déclarer, les impôts nous en prennent assez, mais chut, hein ?

Les anciens s'étonnèrent. Il fallait donc tricher pour gagner davantage. Après tout, cela ne les regardait pas. Paris était vraiment un autre monde.

– Nous ne pourrions pas faire cela dans nos pauvres campagnes.

– Oh, grand-père, ce genre de triche existe aussi ici, ne sois pas dupe. La différence est que dans le métier des parents, la caisse se remplit tous les jours. Cela donne envie de faire toujours plus chaque semaine, chaque mois, de mettre de côté. Alors forcément, les impôts, ça agace.

Après ces divulgations, il y eut un long silence et on se promit de ne plus en parler. Dans toutes les familles, surtout dans les campagnes, dormaient des milliers de secrets. Ils étaient parfois inscrits dans des testaments qu'on ne lisait qu'à l'occasion, dans l'intimité des études de notaires. Ou simplement à l'abri dans la mémoire des humains, celle de vieilles personnes taciturnes qui emportaient avec elles leurs mystères dans la tombe plutôt que de trahir ceux qui leur en avaient fait part.

Hortense baissa la tête vers son assiette. Elle n'appréciait pas d'apprendre ce genre de détails sur la vie de son fils. Bérangère et Eugène le comprirent, alors on changea aussitôt de sujet.

– Si nous continuons de papoter ainsi, nous ne mangerons jamais, dit Eugène.

– Tu as raison, grand-père, ce civet-là ne mérite pas que l'on parle d'autre chose.

Puis Bérangère s'adressa à sa grand-mère :

– Ta cuisine est toujours aussi extraordinaire, il faudra que tu m'apprennes, ça me servira.

– Ma grand-mère m'a tout appris. Elle me disait surtout qu'un jardin bien entretenu pouvait suffire au bonheur d'une famille et je m'en tiens encore à ça !

Bérangère replongea dans ses pensées. Elle se projeta dans son rêve le plus fou : habiter ici, un jour, avec Martin.

2

Hortense avait vu sa petite-fille grandir et la connaissait par cœur. Jaugeant sa mine distraite, elle sut exactement dans quel genre de songe Bérangère s'était évadée.

– Bon, et ce Martin alors, il ne s'est toujours pas déclaré ?

– Grand-mère !

– Ma chérie, voyons, on le connaît votre manège ! Vous étiez à peine en âge de marcher que vous vous tourniez déjà autour ! Je n'exagère presque pas, il n'y a qu'à voir ton empressement à le retrouver dès que tu mets les pieds ici ! Mais ne te méprends pas, ton grand-père et moi, nous en sommes très heureux.

Le visage de Bérangère s'adoucit. Elle fut soulagée que sa grand-mère adoube de cette manière sa relation avec Martin. Cela l'apaisa, elle allait pouvoir se confier plus largement à ses grands-parents. Elle regretta même de ne pas l'avoir fait plus tôt. La jeune fille avait besoin d'alliés et ces deux-là étaient les meilleurs du monde. Ses parents, en revanche, c'était une autre histoire. La vie parisienne leur était montée à la tête. Elle leur avait planté des idées de parvenus dans le crâne, aussi profondément qu'un coin d'acier dans le bois dur des châtaigniers. Les gens d'ici ne semblaient plus assez bien pour eux depuis que leur enseigne avait pignon sur rue à Paris. Et ils n'éprouvaient aucune bienveillance pour l'idylle de leur fille avec un charpentier de province.

– L'Assiette Ronde roule toujours alors? demanda Eugène, histoire d'offrir à sa petite-fille une porte de sortie, au cas où elle ne voulût pas parler de Martin.

Bérangère sourit. À la fois de cette attention mais aussi parce qu'elle savait très bien ce que son grand-père pensait du nom donné à la brasserie parentale. Il le trouvait idiot. D'ailleurs, ici, il faisait rire tout le monde.

– La brasserie tourne bien et tant que j'arrive à m'en échapper pour venir aux Églantiers, c'est le principal, même si cela n'est jamais facile. À chaque fois, les discussions s'enveniment. Ils ont compris que Martin était bien plus qu'un ami et ils espèrent toujours me marier à Paris, avec un « bon parti », comme ils disent.

– Ils n'ont pas tout à fait tort, ma pauvre Bérangère. Que viendrais-tu faire ici? Regarde comment nous vivons ta grand-mère et moi! Au jour le jour, sans savoir ce qu'il nous restera demain.

– Tu feras comme tu voudras, intervint Hortense. N'oublie jamais que nous sommes là pour toi.

Bérangère se leva et embrassa sa grand-mère. Eugène s'obstina:

– Regarde-moi, Bérangère, cela fait quinze ans que je ne peux plus travailler à cause de ma jambe folle.

– Il ne faut plus parler de ça, le coupa Hortense. On sait tous ce qui t'est arrivé.

– Heureusement que mon patron était honnête et assuré. Il m'a aidé à être indemnisé. C'est bien comme ça qu'on dit, n'est-ce pas?

– J'ai dit qu'on ne parlait plus de ça, s'énerva Hortense. À quoi cela sert de rabâcher ces malheurs? Nous n'en sommes pas morts, que je sache!

La grand-mère de Bérangère réorienta la conversation:

– Tu sais que Martin nous rend visite régulièrement? Il fait comme s'il passait par là par hasard, puis demande de tes nouvelles. C'est un garçon si poli.

– Quand je l'ai revu ce matin, je me suis surprise à le regarder d'une autre façon, je l'ai trouvé différent. Il me paraît encore plus beau et sûr de lui qu'avant.

Hortense s'esclaffa. Cela perturba Bérangère qui interrogea sa grand-mère du regard mais c'est Eugène qui se lança:

– Ton histoire est bien simple, ma chère petite-fille, tu es amoureuse, il n'y a pas d'autres mots pour ça! Et lui, t'a-t-il aussi regardée d'une autre façon?

– Je ne sais pas trop mais nous devons nous revoir cet après midi. Il m'a dit qu'il attendait ce moment depuis l'été dernier.

– Oh, *milladiou*! C'est qu'il tient un peu à toi alors! En tout cas, il paraît qu'il est sérieux dans son travail. Il ne lui reste plus qu'à se trouver une femme qui le mérite.

– Te rends-tu compte de ce que tu insinues, grand-père?

– Je te taquine. Ce soir ou demain, tu m'en diras davantage, n'est-ce pas?

– Je ne te dirai rien du tout!

Bérangère avait pris la mouche. Il ne fallait pas trop plaisanter avec son Martin, son « Martin Liberté », ce jeune charpentier qui avait eu le culot d'accoler à son prénom un tel superlatif.

– Allez, il serait temps de manger le civet tant qu'il est encore chaud. Ta grand-mère y a mis tant de soins. Je sais que tu l'aimes bien, avec ses légumes, son lard et cette vapeur parfumée qui s'échappe de la soupière dès qu'on soulève le couvercle.

– Je l'adore ! Il n'y a qu'ici que je retrouve ces saveurs particulières.

– Alors bon appétit ! Même Gardy attend sa part, regardez-le, il s'impatiente.

– Je suis un peu comme lui, dit Bérangère.

Aux Églantiers, même les silences étaient agréables. On les sentait habités de tout ce qui se passait au village et dans la nature alentour.

– Vous allumez toujours le feu, été comme hiver ?

– Pas le choix ! Comment ferions-nous pour cuisiner sinon ? Il y a toujours quelque chose à glisser près du cantou en attendant le soir.

– C'est vrai, je l'oublie parfois. Tout est tellement différent, à Paris. Là-bas, les gens sont loin de s'imaginer comment nous vivons ici.

– Sont-ils plus heureux que nous ?

– Eux, je ne sais pas, mais en ce qui me concerne…

– Il vient ce civet ?

Eugène s'impatientait lui aussi. Lorsqu'elles bavardaient, les deux femmes ne voyaient pas le temps passer. On servit le repas sur la grande table en chêne massif. Elle était d'une solidité rustique, comme l'étaient tous les bruits et les odeurs qui constituaient l'ambiance de la pièce. La présence de Bérangère ajoutait à toutes ces choses un éclat supplémentaire, tel un rayon de soleil de passage à travers les carreaux d'une fenêtre, qui aurait changé la teinte d'une pièce.

– Que c'est bon d'être tous les trois, soupira Hortense.

– J'aimerais venir plus souvent mais je n'ai pas une minute à moi avec l'Assiette Ronde.

– Pourtant il faut bien vivre, s'asseoir un instant, lire le journal, faire des siestes pour se reposer.

Bérangère ne répondit rien et avala une cuillerée de soupe. Hortense et Eugène ne pouvaient pas vraiment se rendre compte du travail que représentait l'affaire de ses parents. Le calme des Églantiers était à des centaines d'années-lumière du quotidien de Bérangère.

– Ici, il suffit d'ouvrir la porte pour entendre chanter les oiseaux ou se laisser bercer par une brise légère. Même le chien ne lève pas le nez, sauf pour quémander quelques restes. Tout est paisible. Il faut avoir vécu à Paris pour prendre conscience du bonheur de ces lieux.

– À t'entendre parler, on dirait que Paris te rebute! constata Hortense.

– Oui, mais je n'ai pas le choix, je suis la fille des Saintorge. Pour l'instant ma place est avec eux.

– Et le charpentier dans tout ça?

– Je te l'ai dit, grand-mère, là-bas, j'en parle le moins possible. Ne serait-ce que l'évoquer déclenche à chaque fois une avalanche de remontrances. Ma mère n'en a que pour ses nouveaux amis du théâtre et du cinéma.

– Et comment sont ces gens avec toi? Ils te tournent autour?

– Parfois oui, mais je ne leur laisse aucun espoir. Ils se prennent pour des seigneurs, ils pensent que je suis à vendre !

– Et ton père laisse faire ça ?

– Il me répète sans cesse la même chose : « Un jour tu trouveras celui qu'il te faut, celui qui te conviendra, sois patiente et tu deviendras une vraie dame. »

– Pauvre de nous ! Nous ne l'avons pas élevé ainsi notre Gaston !

Le repas s'achevait. Comme à chaque fois qu'ils recevaient leur petite-fille, Eugène ne put s'empêcher de parler de son ancien travail.

– On l'a trop entendue ton histoire, elle nous lasse, se plaignit Hortense pour tenter de l'en dissuader.

– Oui, mais c'est pour rappeler à Bérangère que s'il n'y avait pas eu cet accident, je ferais encore les estives et je l'y emmènerais, rétorqua-t-il à sa femme. On y verrait le puy Violent et ces pâtures si riches en herbe que les bêtes ne veulent plus les quitter.

Il s'arrêta quelques secondes, comme pour mieux reprendre son souffle.

– Là-haut, les hommes mènent une vie particulière. De mai à octobre, ils vivent dans des maisons de pierre qu'on appelle des burons, sans eau ni électricité, pour s'occuper des troupeaux et fabriquer ce fameux cantal que tu apprécies toujours, n'est-ce pas ma chérie ?

– Je l'aime toujours, grand-père. Heureusement, nous parvenons parfois à nous en procurer à Paris.

– Oh, tu sais, avec la route, il ne doit pas avoir le même goût qu'ici.

Quand Eugène s'aperçut que son histoire n'intéressait plus Hortense ni Bérangère, il sortit de la maison. Il se figea sur le seuil de la porte et regarda au loin. Sa petite-fille vint se blottir contre lui. Il passa un bras par-dessus son épaule.

– Lorsque j'étais jeune, j'ai parcouru les moindres recoins de cette nature qui nous entoure. J'ai marché par tous les bois, couru sur tous les chemins, pêché dans tous les ruisseaux et je saluais par leur prénom tous les gens du pays. En ce temps-là, on se connaissait tous, comme une grande famille. On s'entraidait pour les travaux pénibles, les fenaisons, les moissons, les battages avant l'arrivée de l'hiver. Et puis un jour...

– Grand-mère te l'a dit, il ne faut plus en parler. Vous êtes bien ici, tous les deux, chez vous.

Il dégagea son bras et fit quelques pas en avant.

– Après les grands arbres que tu vois là-bas, dit-il en montrant la direction avec sa canne, il y a un grand pré. D'ailleurs, c'est ainsi qu'on l'appelle, « le grand pré ». Il débouche sur le ruisseau. Après un long silence il ajouta enfin :

– Cette terre nous appartenait avant.

Puis, il se retourna vers la maison :

– Cette maison est tout ce qu'il nous reste, oui, et peut-être qu'un jour tu en hériteras.

Hortense les rejoignit et se mêla à la conversation.

– Qu'est-ce qu'il te raconte ton grand-père ? Il est nostalgique, n'est-ce pas ?

– Je regrette simplement de ne plus avoir mes jambes d'autrefois.

– Regarde ce beau jardin dont nous parvenons encore à nous occuper, s'enthousiasma Hortense pour le faire relativiser. Dès fin mai, nous aurons des salades, des poireaux, de l'oseille et même du persil si celui-ci veut bien pousser. Il y aura aussi des fraises et des petits pois. Tu arrives encore à bêcher et moi je m'active du mieux que je peux. Nous ne sommes pas malheureux avec notre petite retraite. Et puis nous avons aussi les œufs de nos poules et quelques lapins.

Bérangère écoutait. Elle savait que ses grands-parents ne roulaient pas sur l'or. Elle se souvint de l'époque où ils avaient dû se séparer du grand pré. Elle était petite mais elle se doutait bien qu'ils avaient rencontré alors de grandes difficultés pour en arriver là. À la campagne, on ne vendait ses terres qu'en cas d'extrême nécessité. Ils revinrent dans la maison et Eugène demanda la permission d'aller faire la sieste.

– Je vais aller rejoindre Martin, en profita Bérangère. J'essaierai de ne pas rentrer tard.

– Soyez sages, dit Hortense en lui décochant un clin d'œil.

Bérangère et Martin avaient trouvé le temps bien long et, après leurs retrouvailles de la matinée, l'impatience avait ressurgi, encore plus intense. Bérangère avait changé de vêtements. Ceux du matin faisaient trop habillés pour une balade au bord de l'eau. Avant qu'elle ne parte, Hortense voulut lui donner un conseil mais se ravisa. Bérangère vivait à Paris, elle était sûrement plus débrouillarde que les jeunes filles des campagnes. Et puis, Martin était un garçon comme il faut, il n'y avait pas de quoi s'inquiéter.

Sur le chemin, le soleil continuait de prendre de la force. Une brise soufflait. Bérangère avait finalement opté pour une longue jupe serrée à la taille par une ceinture en tissu, identique à son caraco en dentelle à petites fleurs bleues. Au pied, elle portait des bottines noires à lacets. Elle longea le pré, l'ancienne propriété de ses grands-parents. Au bout de la parcelle, il y avait une vieille grange presque toute en bois. Seul un soubassement de pierre la protégeait de l'humidité du sol. Un banc était posé devant, en bois lui aussi. Il offrait un poste de repli aux pêcheurs et une halte aux promeneurs. Lorsque Bérangère arriva, elle ne trouva personne. Elle patienta, avec pour seul compagnon le murmure du ruisseau, gorgé d'eau à cette saison. Elle connaissait cet endroit comme sa poche. Elle y avait passé des journées entières avec Martin. Pourquoi n'était-il pas là ? L'angoisse était en train de la gagner lorsque le garçon apparut.

– Mais d'où sors-tu ? Je ne t'ai pas vu approcher.

– Je voulais te surprendre ! Tu es magnifique ma Bérangère, de plus en plus belle.

Ils se prirent les mains et s'embrassèrent sur la joue, plus tendrement que d'habitude. Depuis le matin, un charme nouveau opérait entre eux.

– L'herbe est haute, dit Martin. Les foins ne vont pas tarder à mûrir, le temps des fenaisons approche. Et nous, nous avons attendu bien des jours et des jours pour nous revoir.

– Viens t'asseoir ! Ce banc attend toujours quelqu'un et là c'est à notre tour.

– Qu'as-tu fait à tes cheveux ? Tu as changé de coiffure ?

– Toi aussi tu as changé, mais je ne saurais dire en quoi.

Martin avait retroussé ses manches, laissant ses avant-bras musclés de charpentier à découvert. Ses grandes mains impressionnaient Bérangère. Sa chemise entrouverte montrait un cou puissant.

– Tu es beau, Martin Liberté ! Tu deviens un homme !

– Martin Liberté, cela vaut pour les compagnons, mais pour toi je resterai toujours Martin.

– J'adore le nom que tu as choisi, mais promis, je ne l'emploierai que dans les grandes occasions.

Ils s'enlacèrent et leurs lèvres se trouvèrent pour la première fois. Un coucou chanta quelque part, comme s'il s'agissait d'un signe, peut-être un signe d'espoir. Le ciel d'un bleu timide semblait les protéger. Ils se regardaient, visage contre visage, ne voyant plus rien autour d'eux, n'entendant même plus le murmure du ruisseau, seuls au monde.

– Je ne sais pas quoi te dire, souffla Bérangère, émue.

– Alors ne dis rien, moi aussi je suis heureux, allons marcher au bord de l'eau, cela ne nous empêchera pas de nous embrasser.

Ils s'éloignèrent de la grange.

– Je t'ai souvent attendue ici, près du gué. Tu y venais avec ta grand-mère, tu t'amusais à traverser parmi les cailloux en relevant tes jupons. Je t'accompagnais parfois en retroussant mes bragues. Ton grand-père faisait une sieste dans le foin de la grange et moi je t'admirais.

Ils riaient tous les deux. L'amour les aimantait. Savaient-ils alors que cela n'était que le début ?

3

Martin et Bérangère prenaient conscience de ce qui leur arrivait. Ils avaient vu tant et tant de camarades surpris un jour par ces pulsions inexplicables qui vous donnaient envie de vous jeter dans les bras l'un de l'autre et de vous embrasser à n'en plus finir. Certains couples se déclaraient plus promptement, le leur avait pris son temps, voilà tout. Ils reprirent leur place sur le banc, éreintés par une séance de baisers fous, les yeux étincelants. Leurs gestes se faisaient plus doux, plus lents, plus aimants. Puis Martin fut attiré vers la grange dont la porte était entrouverte. Il en inventoria l'intérieur :

– Il n'y a pas la moindre brassée de foin, elle est prête pour en accueillir une nouvelle fournée. Cela ne devrait plus tarder.

– Cette grange appartenait à mon grand-père avant qu'il ne la vende à son ancien patron, M. Martegal. Mais il a tout de même conservé le droit de venir y faire une sieste dès que l'envie lui prend. On dirait que le foin n'est déposé là que pour lui !

– Tu restes quelques jours ? demanda Martin.

– Je repars vendredi. C'est court, je sais. Je reviendrai après le 14 juillet et jusqu'à début août, comme chaque année. Mes parents sont très stricts quant à mes visites aux Églantiers.

– Un peu trop, je trouve, mais je t'attendrai avec plus d'impatience encore. Et il y aura sans doute du foin dans la grange. Encore faudrait-il que ton grand-père ne se l'approprie pas tout l'été !

Cette allusion ne fut accompagnée d'aucun autre détail mais tous deux avaient compris. Ils étaient sur la même longueur d'onde.

– Je ne pourrai pas te revoir avant ton départ, se désola Martin. Je travaille sur un chantier assez éloigné, je dors sur place. Cet été, je poserai des jours de congé pour que nous puissions en profiter. Nous nous baignerons dans le ruisseau, plus bas que le gué, il y a de bons endroits pour ça. Tu te souviens ?

Elle dévisagea Martin dont le regard parut soudainement très lointain.

– À quoi penses-tu ?

– Je me demandais pourquoi nous avons tant attendu pour nous embrasser alors que nous en avions envie depuis belle lurette.

– J'attendais que tu te décides. Je ne pouvais pas faire le premier pas. Qu'aurais-tu pensé si la Parisienne t'avait sauté dessus ?

Martin éclata de rire et l'étreignit. Il la souleva puis la fit tournoyer comme un fétu de paille tant sa force était grande.

– Martin, cria-t-elle, si tu me lâches, je m'envole !

– Envolons-nous ensemble, faisons le tour du monde comme les oiseaux migrateurs et perdons-nous quelque part, n'importe où !

Leurs lèvres se trouvèrent à nouveau à l'instant où le tourbillon s'arrêta.

– Vivement juillet ! Nous aurons tout le temps de nous aimer, Martin. Nous nous aimerons aussi longtemps que nos cœurs s'emballeront. Dis-moi quelque chose, dis-le-moi plus fort, je ne t'entends pas.

Il approcha sa bouche de l'oreille de Bérangère et lui susurra ce qu'elle voulait entendre, si doucement qu'elle lui fit répéter plusieurs fois.

– Maintenant, j'en suis certaine, merci mon Martin !

– Ces choses-là se pensent mais ne se disent pas facilement. Je ne suis pas bien adroit pour parler ainsi.

– Il faudra pourtant que tu apprennes, pour moi. Ces mots, j'ai besoin d'entendre ces mots, tu peux le comprendre ?

Martin acquiesça. Il se sentit libéré. Il n'avait jamais prononcé ces mots auparavant. Il savait qu'il pourrait maintenant les redire sans appréhension à Bérangère. La porte de son cœur venait de s'entrouvrir pour de bon, enfin. Les baisers et les caresses chastes redoublèrent jusqu'à l'heure du retour. Ces deux-là ne se reverraient pas avant l'été mais ils avaient confiance. Rien ne pouvait les séparer.

Ils prirent leur temps avant de rejoindre leur famille. Bérangère hésita à raconter à ses grands-parents son après-midi. Quant à Martin, il décida d'en conserver pour lui tout seul les parfums. Il savait que la route serait encore longue avant de trouver la sérénité avec Bérangère. Il n'avait pas eu le courage de lui parler de son projet. Comme tous les compagnons, il allait faire son tour de France. Celui-ci pourrait durer jusqu'à plus de deux ans, deux ans à sillonner les routes à la recherche d'artisans partants pour l'embaucher pour une période variable, en fonction des besoins. C'était ainsi que les jeunes charpentiers, couvreurs ou encore tailleurs de pierre amélioraient leur savoir-faire, découvraient des méthodes nouvelles ou différentes. Être certifié compagnon, c'était s'assurer d'être reconnu comme un bon ouvrier. Jules Portant, son employeur actuel, qui avait beaucoup d'estime pour lui, l'avait averti : « Il est toujours utile de progresser dans sa façon de travailler et, plus tu en sauras, plus tu t'imposeras dans ce monde de charpentiers au sein duquel il te faudra du caractère pour t'en sortir. Il y aura des chamailleries, des bagarres et parfois de vrais combats pour gagner ta place et tu ne pourras compter que sur toi. »

Dès que Martin fut rentré chez ses parents, Jeanne fit sa curieuse mais il garda le silence sur le déroulement de son après-midi.

– Tu t'es bien promené avec Bérangère ? Qu'avez-vous fait pendant tout ce temps ?

Il lui sourit, habitué à ses inquisitions enfantines.

– Et que veux-tu que l'on ait fait ?

– Oh, tu sais, j'ai déjà vu des amoureux s'embrasser.

– Alors peut-être que nous avons fait comme eux, voilà, tu es contente ?

Fière de lui avoir extorqué cette réponse croustillante, Jeanne la répéta à sa mère en jubilant.

– Ça devait bien arriver un jour, réagit Maria Bayerols. Et cela t'arrivera à toi aussi, ma chérie.

– Ah non, jamais ! C'est sale !

Tous rirent en se moquant gentiment de Jeanne. Martin l'entoura de ses bras et déposa une bise sur son front.

– Faut pas répéter ce que tu as appris, jure-le-moi !

Elle ne jura pas, certaine de ne pouvoir contenir ce grand secret. Elle n'avait encore jamais embrassé un garçon – il n'aurait plus manqué que ça – même si une petite envie s'était déjà manifestée.

– Où est papa, demanda Martin ?

– Dans son hangar. Il doit affûter ses outils pour demain.

– Il ne se repose donc jamais ?

– Tu peux parler, tu es pareil ! Tu as toujours quelque chose à faire, n'est-ce pas ?

– Si je ne fais rien, j'ai l'impression de perdre mon temps. Et tant mieux si je ressemble au père.

Martin savait qu'au travail, jamais un reproche n'était fait à son père. Germain Bayerols était un ouvrier sérieux. Lorsque ses amis l'invitaient à prendre un verre au café, il acceptait par politesse mais restait raisonnable. On le surnommait « un verre pas deux » et ça lui allait comme un gant. Au moment où Martin parlait de son père, ce dernier franchit la porte de la maison. Il s'ébroua des quelques brins de sciure qui collaient à ses vêtements et demanda à son fils :

– Tout va bien ? Tu as le visage rayonnant ce soir !

– Tout va bien ! Avec Bérangère, nous sommes allés jusqu'au ruisseau, du côté de la vieille grange.

– Ça fait un moment que je n'ai pas vu son grand-père, il va bien ?

– Il traîne un peu la patte, apparemment, mais ça a l'air d'aller.

– Il faudrait que j'aille le saluer un de ces jours mais je n'ai le temps pour rien d'autre que travailler, manger et dormir, nom de Dieu !

– C'est que tu es en parfaite santé, lança sa femme, et puisse Dieu faire que ça dure!

– Et avec ta chère Bérangère, c'est toujours le grand amour? reprit son père.

Jeanne faillit ouvrir la bouche mais le regard de Martin l'en dissuada. Elle se pinça les lèvres.

– Elle est de plus en plus jolie, répondit Martin.

– Alors méfie-toi, mon fils.

– La soupe sera bientôt prête, dit Maria, mais vous avez encore le temps de bavarder.

– Ton patron n'est pas mécontent de toi, enchaîna le père, je l'ai rencontré il y a quelques jours.

Il n'en dit pas davantage. Il n'était pas du genre à s'épancher en compliments.

– Je fais de mon mieux quoi qu'il m'en coûte. D'ailleurs, notre chantier actuel nous prend tellement de temps que je ne pourrai plus voir Bérangère avant qu'elle ne reparte. Mais nous avons l'habitude, on sera patients jusqu'à cet été.

– Tu es bien sûr de ça? osa Jeanne. Ça fait bien long, je trouve.

– Toi, occupe-toi de tes copains, si toutefois tu en as malgré ton sale caractère.

– Cela n'est pas ton affaire!

– D'accord petite sœur, je m'incline!

Les parents s'amusèrent de leur chamaillerie. Jeanne profitait de la moindre occasion pour taquiner son grand frère, qu'elle adorait.

– Peut-être un jour iras-tu travailler à Paris, songea Jeanne, on y gagne beaucoup d'argent. Regarde le fils Saintorge, il paraît que son affaire tourne bien.

– Et pourquoi ne le voit-on jamais au pays ? s'agaça Martin.

– Allez, mangeons cette soupe, coupa le père. Vous vous expliquerez plus tard. Je me lève tôt demain et toi aussi, Martin !

Lorsque le père parlait ainsi, il n'y avait rien à ajouter. L'autorité paternelle faisait loi dans cette famille. On respectait les parents.

Le lendemain matin, la maison des Bayerols se vida de ses hommes. Jeanne rejoignit la couturière qui l'embauchait. Seul le chien Touffi tint compagnie à Maria. Elle s'était levée tôt pour préparer les musettes de Martin et de son mari. La discussion d'hier la préoccupait. Elle avait peur que Bérangère n'entraînât son fils à Paris.

Aux Églantiers, la veille, les grands-parents attendirent sagement leur petite-fille et, à son arrivée, ne posèrent aucune question. Dès les premiers mots échangés, ils surent que Bérangère avait passé un moment agréable. Alors ils s'en contentèrent, ce qui n'empêcha pas Hortense d'attendre que Bérangère lui en dise un peu plus. « Une grand-mère doit tout savoir », pensait-elle.

– Tout va bien ? demanda-t-elle, à bout d'impatience.

– Oui, grand-mère. C'est juste que Martin a beaucoup de travail et que je ne le reverrai qu'en juillet.

– Vous en avez tout de même bien profité cet après-midi ?

– C'est vrai, mais j'aurais bien aimé le garder près de moi jusqu'à mon départ. Même si parfois, quand je suis avec lui, j'ai l'impression qu'il est ailleurs.

– C'est un garçon extraordinaire mais il a toujours été un peu rêveur, voire même un peu fada, si je puis m'exprimer ainsi sans te blesser.

La remarque contraria Bérangère mais elle ne voulut pas contredire sa grand-mère. Eugène en rajouta :

– Martin me parlait beaucoup lorsqu'il était gamin. Parfois il me faisait rire et, d'autres fois, il m'intriguait.

– Qu'est-ce qu'il te racontait ? À moi, il ne dit rien.

– Ne le prends pas mal, tout ça c'était lorsqu'il avait une douzaine d'années. Alors tu vois, ça en fait des lunes.

– Livre-moi quelques souvenirs, s'il te plaît !

– Il voulait voler au-dessus du village, entre la terre et les nuages, si bien que, parfois, il le vivait en rêve. Le plus terrible pour lui était le moment de l'atterrissage.

– Ça ne m'étonne pas, tout cela lui ressemble bien.

– Mais les rêves appartiennent à ceux qui les font et ils sont vite oubliés, rassure-toi. Il se remémorait simplement que, là-haut, il voyait le village dans tous ses détails et c'était magnifique, il aurait voulu le photographier.

– Mais, tout ça, c'était dans sa tête.

– Oui, il lui arrivait de parler aux arbres et de vouloir dormir au creux d'un vieux châtaignier. Il pensait également que les étoiles lui envoyaient des messages.

– Tu m'inquiètes, grand-père, je m'attends au pire maintenant.

– Il avait volé des hosties lorsqu'il était enfant de chœur. Il a aussi braconné dans les ruisseaux, ce n'était un secret pour personne. Voilà, tu sais tout.

– Pour les ruisseaux, je savais. Nous irons sûrement nous baigner dans le Moulègre cet été, dès que l'eau sera plus douce.

Bérangère détourna la tête, honteuse, comme si ses grands-parents pouvaient voir les images qui lui venaient en tête. Hortense avait déjà remarqué que quelque chose avait changé, elle connaissait si bien sa petite-fille. Et puis il ne fallait pas oublier que les grands-mères aussi avaient été des jeunes femmes.

– Assez parlé de Martin Liberté, que vas-tu faire ces jours-ci ?

– Je vous tiendrai compagnie ! Je suis heureuse ici, auprès de vous, dans cette maison de rêve avec son cantou, entourée d'un jardin merveilleux planté de fruitiers.

– Tu parles si bien de toutes ces choses que nous aimons, ma petite-fille. Ne change surtout pas ça !

– Lorsqu'on aime, on trouve les mots qu'il faut, comme font les conteurs, comme fait grand-père parfois. Il parvient à sublimer les brins d'herbe, les sauterelles inaccessibles aux sauts stupéfiants, les rouges-gorges, les chardonnerets qui bâtissent leurs nids si près de nous, les abeilles et leurs secrets, pourquoi ne nous piquent-elles jamais ?

– Tu adores leur miel, comme ton père, n'est-ce pas ? Il faudra d'ailleurs que tu penses à lui en ramener un pot.

Les jours passèrent sans que Bérangère ne revoie Martin, ce qui ne l'empêchait pas de penser à lui à chaque instant. Elle imaginait leur avenir, lui, le charpentier, et elle, la secrétaire comptable, aux ordres de ses parents, à Paris. Elle savait bien que cela était impossible mais il n'était pas interdit de rêver. Par un début d'après-midi, les trois Saintorge se trouvèrent réunis sous le tilleul avant qu'Eugène ne se retire pour faire sa sieste habituelle.

– Comment se fait-il que vous n'ayez pas de chat ici ? demanda Bérangère.

– Nous en avons eu, comme tout le monde, mais le dernier nous a causé trop de chagrin lorsqu'il est mort, répondit son grand-père. Il s'était empoisonné avec je ne sais trop quoi. Il a mis bien du temps à crever, là, devant la maison, je le revois encore. On a décidé de ne plus en avoir, Gardy nous suffit.

Bérangère regretta sa question. Ses grands-parents se turent. Ils regardaient tantôt le sol, tantôt le ciel. Un rayon de soleil vint se poser sur les mains de Bérangère. Elle lui offrit ses paumes puis fit mine de l'attraper en refermant ses doigts d'un coup sec. Son grand-père l'observait. Elle recommença.

– Tu te souviens de cette histoire, à ce que je vois.

– Oui, j'y repense souvent.

Eugène lui rappela ce qu'il lui disait en pareille occasion : « Bérangère, la lumière du ciel vient de se poser sur tes mains. Elle est à toi. Profites-en et tente de la saisir. Si tu parviens à retenir un bout de soleil et à le transporter de quelques centimètres seulement, tu deviendras la magicienne la plus extraordinaire du monde ! Essaie encore, essaie ! »

– C'est beau mais je n'ai plus dix ans, grand-père. J'en ai dix-sept passés !

– Ne m'en veux pas, je ne t'ai pas vue grandir, cela passe si vite.

Bérangère se tut, puis sourit :

– Un jour, il faudra que je demande à Martin de retenir un bout de soleil dans sa main !

Un fou rire les prit tous les trois et Eugène rentra dans la maison pour faire sa sieste.

4

Bérangère n'était pas encore rentrée à Paris qu'elle n'arrêtait pas de répéter à ses grands-parents qu'il lui tardait que juillet arrivât, pour revoir Martin. Ils la rassurèrent avec une satisfaction non dissimulée – eux aussi avaient hâte qu'elle revienne – et attendirent d'être seuls pour en discuter.

– Notre petite est amoureuse, dit Hortense à son époux. Il est évident que cela n'est plus seulement une amitié.

– Tant mieux, ce Martin me convient très bien, commenta Eugène. Ni les années qui passent ni la distance ne sont parvenues à les séparer, cela veut bien dire quelque chose, n'est-ce pas ?

L'arrivée de Bérangère dans la pièce mit un terme à leur bref échange.

– J'ai fait un dernier tour de jardin, leur lança-t-elle. Je suis pressée de le retrouver cet été, lorsque tout sera mûr.

– Tu reviendras trop tard pour les salades et les petits pois mais, pour le reste, il y aura tout ce que tu voudras, lista Eugène. Il y aura des fraises et des haricots. Les framboises t'attendront aussi pour les confitures.

– Quelle merveille ! Décidément, je ne comprendrai jamais mes parents, comment quitter un tel endroit ?

Le vendredi du retour à Paris arriva et le cœur des vieux Saintorge se serra. Ces départs les rendaient tristes. Ils leur rappelaient des moments douloureux, comme la première séparation d'avec leur petite-fille. Juliette, la mère de Bérangère, avait connu une fin de grossesse compliquée en raison de problèmes de santé. Elle était venue accoucher aux Églantiers pour s'éloigner du tumulte de la vie parisienne. Gaston Saintorge, son époux, n'avait pas pu l'accompagner. Il ne voulait confier les rênes de l'Assiette Ronde à personne d'autre. Placer un étranger à la caisse était impensable. Il était trop méfiant, trop près de ses sous, le sang auvergnat coulait dans ses veines. Juliette et l'enfant étaient rentrées à Paris trois semaines après la naissance, laissant Hortense et Eugène inconsolables. Les vieux Saintorge revirent leur petite-fille huit ans plus tard quand Juliette et Gaston décidèrent d'envoyer Bérangère aux Églantiers pour les grandes vacances. Elle fut accueillie dans une joie immense mais c'est à cette époque que survint l'accident grave qui bouleversa la vie d'Eugène et de son entourage.

Il était employé de ferme chez les Martegal et, un matin, les vaches l'avaient coincé dans leur enclos. Il n'avait dû sa survie qu'à son collègue Marcel qui l'avait extirpé du piétinement des bêtes. On l'avait cru mort pendant quelques instants.

– Nom de Dieu, mais comment avez-vous fait pour vous laisser avoir par les vaches ? lui avait demandé son patron lorsqu'il avait enfin retrouvé ses esprits.

Marcel était intervenu, furieux :

– La sortie de secours était verrouillée de l'extérieur, à votre demande. Vous n'avez jamais voulu entendre que c'était dangereux. Tout cela, c'est de votre faute.

– Appelez le médecin de toute urgence ! S'il tarde à arriver, nous le transporterons nous-mêmes à l'hospice d'Aurillac. Marcel, vous êtes le seul témoin de cet accident, vous donnerez votre témoignage aux assurances. Vous leur expliquerez ce que vous avez vu, j'en assumerai les conséquences.

Eugène avait été examiné, soigné et gardé plusieurs semaines à l'hospice, le temps nécessaire à sa convalescence. Il souffrait d'une fracture de la hanche avec complications mais avait refusé d'être opéré. Au bout de quelques mois, il était parvenu péniblement à marcher de nouveau tout seul mais il ne fallait pas se leurrer : il ne pourrait plus jamais travailler chez les Martegal, ni ailleurs. La compagnie d'assurances avait rejeté logiquement la faute sur l'employeur qui avait proposé à Eugène de lui verser un dédommagement dont il devait toucher cinquante pour cent immédiatement, le reste lui étant réglé sous la forme d'une rente mensuelle. Martegal voulait se préserver d'une action en justice des Saintorge qui, de toute manière, ignoraient qu'une telle possibilité s'offrait à eux. Après en avoir discuté avec Hortense, Eugène avait accepté l'arrangement. Avait-il pris la bonne décision ? Il s'était dit que quelques sous de côté et une pension valaient mieux que la mort à laquelle il venait d'échapper. Son fils n'avait même pas pris la peine de faire la route depuis Paris pour venir à son chevet.

Hortense s'était occupée de Bérangère tout en s'inquiétant pour la jambe de son mari. Elle priait pour qu'il pût au moins se déplacer le plus longtemps possible. Eugène la rassurait comme il pouvait : « Je pourrai toujours m'occuper un tant soit peu du jardin. Et puis, voyons le bon côté des choses, je n'aurai plus jamais l'obligation de me lever avant l'aube ni de te quitter pendant les mois d'estives.

Bien que les Saintorge ne fréquentent pas souvent l'église, le curé leur avait rendu visite. Il les avait assurés de ses prières et de l'aide de son saint patron saint Roch : « Dieu veillera sur vous comme sur tous les paroissiens, soyez-en persuadés. » Une nouvelle vie avait commencé pour les Saintorge. Eugène se lamentait parfois, il se surnommait « le handicapé des Églantiers », celui qui claudiquait comme un malheureux. Depuis lors, le couple se laissait abattre plus facilement face aux épreuves qu'il traversait. Il n'y avait plus qu'une chose qui leur mettait du baume au cœur : les passages de Bérangère à Boisset.

Quelques années après l'accident, Martegal voulut faire des affaires avec les Saintorge. Il se présenta aux Églantiers par un triste après-midi d'octobre, humecté de brume sinon de brouillard. Il portait à son bras un panier débordant de cèpes.

– Quelle bonne surprise, monsieur Martegal ! s'étonna Eugène, qui n'éprouvait envers son ancien patron aucune forme de ressentiment. Quel bon vent vous amène chez le handicapé du pays ?

– Ces magnifiques cèpes ! Je les ai ramassés près de chez moi et ma femme m'a dit : « Portes-en donc à ce pauvre Eugène ! »

Eugène appela Hortense. Elle se montra sensible à ce présent.

– Mais où avez-vous donc trouvé tout ça? s'exclama-t-elle.

Son mari la reprit:

– Voyons, tu sais bien qu'ici ces choses-là ne se disent pas. Les endroits où l'on déniche ces merveilles sont des secrets.

– Vous saurez bien les préparer, madame Saintorge, glissa Martegal, d'où qu'ils viennent.

– Avec plaisir! En attendant, vous prendrez bien une tasse de café par ce temps humide?

– Volontiers! Alors Eugène, comment va cette hanche? Je m'en veux beaucoup, vous savez.

Eugène hésita un instant, ne sachant pas trop quoi lui répondre.

– Il faut savoir se contenter de ce qu'on a. Je me déplace doucement. Les douleurs s'amenuisent, Dieu merci. Elles se rappellent à mon bon souvenir lorsque le temps change.

Il y eut un long silence. On attendit que le café soit prêt pour reprendre la conversation. Martegal se redressa en se raclant la gorge et les Saintorge devinèrent qu'il avait quelque chose d'important à leur dire.

– En fait, je viens aussi pour vous faire une proposition. J'aimerais vous racheter le grand pré. Je suis disposé à vous en donner un bon prix, une sorte de réparation supplémentaire quant à l'accident. Jusqu'à présent, nous le fauchions pour l'entretenir en vous versant une partie des récoltes et je me suis dit que cela serait peut-être plus avantageux pour tout le monde si j'en faisais l'acquisition. Qu'en pensez-vous, mon cher Eugène ? Et vous, madame Saintorge ?

Les Saintorge se regardèrent, très étonnés de la proposition de Martegal.

– Ça vous a pris comme ça, d'un coup ?

– J'ai constaté depuis un moment que cette terre ne vous servait pas à grand-chose. Et il est toujours agréable de recevoir un peu d'argent, n'est-ce pas ?

– Certes, mais cet endroit appartient à notre famille depuis plusieurs générations. Et puis il abrite une grange sacrée pour mes siestes estivales, plaisanta Eugène. Là-bas, c'est mon lopin de terre, je me sens chez moi, c'est important pour un paysan.

Martegal leur dit d'y réfléchir et promit de revenir les voir bientôt. Avant de quitter les Églantiers, il glissa à l'oreille d'Eugène le montant qu'il était prêt à leur verser. Eugène et Hortense en discutèrent des soirées entières puis se décidèrent enfin, convaincus qu'une épargne supplémentaire leur permettrait de parer aux difficultés imprévues, d'autant plus qu'Eugène pourrait continuer à faire ses siestes estivales dans la petite grange de bois, Martegal l'avait promis. Ils prirent tout de même soin d'informer leur fils de la vente du grand pré qui constituait avec les Églantiers la totalité de l'héritage familial. Gaston n'avait jamais répondu. Que s'était-il donc passé dans sa tête pour qu'il impose une telle cassure à ses parents ?

Bérangère rentra à Paris le cœur gros, nourri des promesses amoureuses de Martin. Le paysage défilait à travers les vitres sales du wagon et elle pensait à lui et à ce mois de juillet qui lui paraissait si lointain. Martin quittait la maison de bonne heure. Il revenait tard le soir ou bien dormait sur le chantier. Les journées de pleine lumière devaient compenser celles bien trop courtes des hivers, utilisées pour préparer les ouvrages printaniers. Le jeune homme songeait lui aussi à ces jours de juillet. Il avait encore sur ses lèvres le goût des baisers de Bérangère. Pourquoi avait-il attendu si longtemps pour l'embrasser ainsi ?

Juillet arriva vite et Martin n'avait toujours pas de réponse à cette question. Le grand pré avait été fauché. La grange abritait du foin parfumé. Eugène pouvait y dormir à volonté sans se casser le dos. L'abri résonnait du chant des oiseaux, de l'activité étourdissante de milliers d'insectes, parfois happés par une truite affamée au-dessus du ruisseau. Les châtaigniers étaient en pleine floraison. Ils ressemblaient à des académiciens en habits verts brodés d'or, se croyant supérieurs aux arbres plus humbles. Les habitants du village se souciaient-ils de ce décor sublime ? Rien n'est moins sûr ! Dans ce monde rural blotti dans un écrin unique, chacun avait sa besogne, héritée des ancêtres. Chacun avait sa terre à cultiver. Il n'y avait que les jours de foire, de marché ou d'office religieux pour permettre aux gens de se reconnecter à leur entourage.

Martin avait promis de prendre des jours de congé du 10 au 31 juillet. Bérangère était déjà arrivée, elle s'impatientait aux Églantiers. Elle avait eu le temps de raconter à ses grands-parents le drame qu'avait vécu sa mère, à Paris, dans l'incendie du Bazar de la Charité. Le 4 mai, alors que Bérangère séjournait encore à Boisset, Juliette de Saintorge – qui avait ajouté une particule à son nom – s'était rendue à une vente de lingerie et de colifichets divers au profit des plus démunis, à une encablure des Champs-Élysées, rue Jean-Goujon. Pour l'occasion, on avait projeté le premier film des frères Lumière dans l'immense hangar en bois qui accueillait des personnalités de la haute société parisienne. La pièce était pleine à craquer lorsque les vapeurs d'éther du projecteur s'étaient embrasées. Les flammes s'étaient propagées et les spectateurs, confinés, s'étaient retrouvés pris au piège au milieu du brasier. Par miracle, Juliette était parvenue à s'extraire de la fournaise, les cheveux et le front en partie brûlés, ainsi que ses vêtements. En un quart d'heure, il n'était plus rien resté du Bazar de la Charité. On déplorait cent vingt-six morts, principalement des femmes, et de nombreux blessés.

Hortense et Eugène écoutèrent religieusement le récit du drame tout en posant mille questions auxquelles leur petite-fille ne sut pas toujours répondre.

– Elle a dû se faire à l'idée de porter une perruque, expliqua Bérangère. Cela n'a pas été facile au début mais elle ressort depuis quelque temps et semble aller un peu mieux.

– Tout de même, c'est une drôle d'histoire ce que tu viens de nous raconter là, avec tous ces morts.

– Il y avait parmi eux des gens célèbres mais j'ai oublié leur nom. Je me souviens juste que Sophie Charlotte de Bavière, duchesse d'Alençon et petite sœur de l'impératrice d'Autriche Sissi, comptait parmi les victimes.

– On ne connaît pas tous ces gens, tu sais.

– Je sais bien, grand-mère. Maman s'en est sortie, c'est le principal. J'ai l'impression que ces évènements lui ont redonné le goût des choses simples. Elle a l'air d'avoir abandonné, au moins pour un temps, ses envies de grandeur.

L'heure des retrouvailles avec Martin approchait. Elles furent douces, près du ruisseau. Le vieux banc en bois les attendait. Ils y prirent place.

– Grand-père m'a prévenue qu'il ne viendrait pas à la grange pour sa sieste, signala Bérangère. Il sait que nous nous retrouvons ici.

– J'ai parlé à mes parents, dit Martin. Je leur ai annoncé pour nous deux.

Bérangère attendit la suite, celle qu'elle espérait.

– Je leur ai annoncé que nous nous considérions comme fiancés.

– Et alors ?

– Ils ont souri et ma mère a dit : « Il n'y a rien de surprenant, depuis le temps que vous ne vous quittez plus d'une semelle lors de ses venues au pays. » Mon père a ajouté que ça n'allait pas être facile pour nous deux, « l'une à Paris, l'autre dans le Cantal ». Puis ma mère a conclu : « Si ça doit se faire, cela se fera ! »

Bérangère tenta de maîtriser une bouffée d'angoisse. Elle savait ce qui constituerait un obstacle : ses parents à elle.

– Pourquoi es-tu triste, Bérangère ?

– Mes parents se doutent aussi de quelque chose. Ils m'ont prévenue qu'ils n'approuvaient pas notre relation.

Martin entoura son amie de ses deux bras, la serra contre lui, étouffant ses sanglots. Au bout d'un moment, Bérangère s'écarta et lui dit :

– Ma mère a failli mourir dans un incendie, à Paris. Elle s'en est sortie par miracle. Elle a insisté pour que je ne vienne pas cet été. Tu n'imagines pas comment j'ai dû me battre pour les convaincre.

– Un incendie ? Mais comment va-t-elle ?

– Ça va mieux.

– Il est vrai qu'un ouvrier charpentier pour la fille d'un brasseur parisien, ce n'est pas acceptable !

– Ne parle pas ainsi, Martin. Je dois travailler encore un moment à L'Assiette Ronde mais mon avenir n'est pas à Paris. Il est là, avec toi.

– Il nous faudra beaucoup de patience, car je dois te dire quelque chose. Je vais m'absenter de Boisset. Dans mon métier, pour gagner en savoir-faire comme en notoriété, je dois entreprendre un tour de France et travailler auprès de plusieurs artisans. Selon mon patron actuel, Jules Portant, cela devrait me prendre presque deux ans.

– Deux ans ! s'écria-t-elle. Tu te rends compte ?

En pleine détresse, Bérangère s'accrocha à Martin et répéta :

– Deux années ? Deux années sans nous voir ? Comment allons-nous tenir ?

– M. Portant m'a assuré d'un bel avenir chez lui, esquiva Martin. Je dois suivre ses conseils.

Martin et Bérangère tentèrent de mettre cette discussion entre parenthèses afin de profiter de l'instant présent. Les lendemains radieux dont ils rêvaient avaient un coût et ce tour de France faisait partie de l'addition.

Les yeux rougis de Bérangère finirent par sécher et les attentions de Martin, encore plus délicat qu'auparavant, la tranquillisèrent. Ils s'embrassèrent de nouveau avec fougue mais n'osèrent pas investir la grange et le foin.

– Demain si tu veux bien, nous…

– Chut! Demain est un autre jour, affirma Bérangère.

5

La journée s'acheva ainsi, trop courte pour des amoureux. Ils traînèrent encore sur le chemin, échangeant des baisers jusqu'au moment de se séparer.

– Demain, nous préviendrons que nous rentrerons plus tard.

Bérangère regarda Martin, satisfaite.

– Je viendrai te prendre aux Églantiers, ce sera plus correct. Je parlerai à tes grands-parents de ma longue absence professionnelle qui se profile. Je les apprécie beaucoup et ils vont devenir encore plus importants pour moi : j'aime leur petite-fille.

– En es-tu certain ? osa-t-elle.

– Je vais y réfléchir, je te dirai demain, se moqua Martin. Je crois que ma mère serait contente de te voir aussi.

– C'est drôle comment les rapports changent dès que des situations comme la nôtre évoluent. Penses-tu que nous ayons raison de croire en notre étoile ?

– Tu y crois, toi, Bérangère ?

– Désormais, je vais les regarder différemment, les étoiles. Il y en aura bien une qui me renseignera sur notre avenir.

– Nous sommes bien romantiques ce soir.

– Et je crois que demain nous le serons encore davantage.

De retour chez eux, ils affrontèrent les questions insistantes des uns et des autres.

– Tu as retrouvé ta belle Bérangère? s'exclama la mère de Martin.

– Oui.

Il n'était guère démonstratif mais il fit un effort.

– Si un de ces jours tu en as le temps, j'aimerais qu'elle passe prendre le café, pour discuter un moment. Tu ne la connais pas tant que ça, finalement.

Jeanne, qui avait tout entendu, se crut maligne d'ajouter son commentaire :

– Moi je la connais bien, mais on ne se parle presque jamais.

– Tu es trop jeune, ma petite sœur, trop bavarde. Mais bientôt vous pourrez faire plus ample connaissance et j'en serai très heureux !

– Vous allez vous marier? C'est ce que disent les copines qui vous voient toujours fourrés ensemble.

– Cesse de taquiner ton frère, dit la mère.

À la surprise générale, Germain Bayerols prit la parole :

– Tu vas t'absenter pour au moins deux années, ce n'est peut-être pas le moment de bâtir des châteaux en Espagne, comme on dit.

– Qu'est-ce que ça veut dire, papa ?

– Je t'expliquerai plus tard, ma fille.

– Ils vont s'acheter un château ? Je n'y comprends rien, continua Jeanne.

Tous les quatre rirent de bon cœur. En cette fin d'après-midi estivale, le soleil s'exprimait encore sans mesure. La chaleur faisait s'épanouir les fleurs de châtaignier dont l'odeur puissante rappelait celle du sperme des hommes.

Aux Églantiers, le lendemain, on attendait Martin. Bérangère donna des consignes à ses grands-parents, ce qui les amusa. Hortense posait sur Bérangère un regard attendri. Maintenant que la vie de sa petite-fille semblait prendre un tour nouveau, elle mesurait combien les années avaient défilé. Elle pouvait le voir à ses attitudes, sa façon de s'exprimer, de se tenir, les grands-mères savent percevoir cela.

– Il me verra comme je suis, dit Eugène, vieux et boiteux. Un jour, peut-être, je remettrai pour vous mon vieux costume, mais le moment n'est pas venu !

Les Saintorge n'en dirent pas davantage. Bérangère patienta sous le tilleul, les yeux fixés au loin, sur le chemin où la silhouette de Martin finit par se dessiner. Martin Liberté ! Elle adorait ce nom qu'un certain nombre de Boissétois employaient désormais car les jeunes du village s'étaient empressés de le divulguer. Martin arriva brodequins aux pieds, en pantalon de toile foncée et en bras de chemise. Bérangère l'accueillit sur le seuil de la maison.

– J'ai cru que tu ne viendrais pas.

– Comment as-tu pu imaginer une chose pareille ?

Hortense se montra aussi, souriante.

– Entre donc, Martin !

Il avança et aperçut Eugène qui tenta de se lever de sa chaise.

– Bonjour, monsieur Saintorge, restez assis, je vous en prie.

Ils se serrèrent la main, deux fortes mains de travailleurs.

– Tu as une pogne de vrai charpentier ! C'est aux mains que l'on reconnaît les feignants et les courageux ! Nous sommes heureux de te voir, ce n'est pas si souvent.

– Le café est prêt, asseyons-nous autour de la table, intima Hortense. Alors, tu as quelques jours de vacances, nous a dit Bérangère ?

– Oui, les derniers avant un moment. Mon tour de France m'attend, comme tous les compagnons. Je dois faire mes preuves. M. Portant, mon patron, souhaite que je m'enrichisse de toutes les techniques du métier.

– Pour qu'un jour tu reviennes au pays ! dit Bérangère qui ne put se retenir d'affirmer ses espoirs.

– C'est votre affaire, les jeunes, dit Eugène. Mais si c'est ce que vous souhaitez, nous t'attendrons aussi, Martin.

On but le café et une ambiance sereine s'installa. Elle facilitait les échanges. Puis il fut l'heure de rejoindre le ruisseau.

– Ne vous pressez pas de rentrer, lança Eugène. Nous mangerons un peu plus tard que d'habitude, il fera tiède longtemps, ce soir.

Les deux amoureux s'éloignèrent. Dès qu'ils furent assez loin, à l'abri des regards, ils ne résistèrent pas à l'envie de s'embrasser. On distinguait déjà le bruissement du ruisseau. Rien ne pouvait le perturber, ni son faible débit lors des grosses chaleurs, ni les débordements occasionnés par la pluie, qui lui donnaient le sentiment de ne plus gouverner son propre cours. Il devait faire avec les caprices de la nature.

– Rien ne semble avoir bougé depuis hier soir. Ah, si, la porte de la grange a été fermée.

– Fermée ne veut pas dire condamnée, dit Martin. Un pêcheur, sans doute, ou un simple promeneur.

– Viens t'asseoir sur le banc et embrasse-moi, s'impatienta Bérangère.

– Attends, faisons l'aller-retour sur le gué, insista Martin. Il y a bien longtemps que je ne l'ai plus pratiqué.

Pantalon retroussé et jupons relevés, ils s'amusèrent comme des enfants privés de baignade, ce qu'ils étaient en réalité. L'eau claire du Moulègre clapotait et les éclaboussait. Ils étaient trempés mais c'était le dernier de leurs soucis. Lorsqu'ils aperçurent un pêcheur remontant le cours d'eau, ils décidèrent de revenir sur la berge et de se réfugier dans la grange pour préserver leur intimité. Les baisers fusèrent. Ils surveillèrent d'une oreille les pas du pêcheur qui poursuivit sa route le long du ruisseau en se fichant pas mal qu'il y ait ou non des locataires dans la grange. Martin et Bérangère s'allongèrent l'un contre l'autre. Le désir enflait. Les baisers devinrent plus audacieux et les cœurs s'emballèrent. Les brins de foin égratignèrent leur peau mais peu leur importait, ils étaient aux portes du bonheur. Un orage de pluie ou de grêle aurait pu tomber sans qu'ils ne s'en rendissent compte.

L'heure perdit ses marques et la raison ses repères. Les deux amoureux s'aimèrent au-delà de tous les conseils prodigués, recommandés ou ordonnés.

– Je t'aime, Martin.

– Moi aussi, Bérangère.

Le silence s'installa. Leur regard se perdit dans le bois du plafond. Ils étaient heureux et encore surpris d'avoir osé se posséder ainsi pour la première fois. Cette grange avait-elle vécu d'autres amours ? Et s'ils étaient les premiers ? Ils se le demandèrent.

– Je n'oublierai jamais ce jour, Martin, que nous passions ou pas notre vie ensemble. Aujourd'hui, j'ai cru un instant que j'étais au paradis !

Martin ne sut comment réagir à l'incertitude glissée par Bérangère dans sa phrase. Il décida de la prendre comme une erreur de langage. Il se dit qu'elle ne pouvait pas vraiment le penser. Assis sur le banc, à l'extérieur de la grange, ils observèrent devant eux les couleurs qui changeaient à mesure que le soleil baissait dans le ciel.

– Rien ne sera plus comme avant, Martin.

– N'en disons pas davantage, prêtons plutôt attention à la brise qui vient nous caresser, nous avons besoin de sa douceur. Elle sera là, chaque jour, pour témoigner de ce que nous nous sommes offert ce que l'on ne donne qu'une fois dans sa vie.

Bérangère était subjuguée. Elle découvrait le pouvoir de ses paroles en se disant tout au fond d'elle-même qu'elle avait de la chance que Martin lui parlât ainsi. Ses mots avaient une force qui touchait la jeune fille jusqu'à la bouleverser. Elle avait aussi des choses à lui dire mais elles se perdaient en chemin entre son cœur et ses lèvres.

– Bérangère, il faut que tu saches que…

– N'ajoute rien ! Je n'ai besoin de rien d'autre. Mon âme et mon cœur sont déjà conquis.

Le foin conserva l'empreinte de leurs ébats. Les après-midi devinrent des rendez-vous merveilleux. Seule vint les perturber la triste idée qu'ils prendraient bientôt fin et que cette grange au bord de l'eau resterait vierge pendant deux ans de leur amour. Chez les Bayerols comme chez les Saintorge, on ne fit aucune remarque sur leurs escapades. Peut-être se retenait-on de les mettre dans l'embarras ?

– Bérangère, j'ai beaucoup réfléchi, et je pense qu'il vaudrait mieux ne pas s'écrire, trancha un jour Martin. Je changerai d'adresse au gré de mes employeurs, et puis je ne saurai pas te dire et te redire que je t'aime.

– Mais comment ferons-nous ?

– Il faudra être patients et se faire confiance. Je ne devrai avoir qu'une seule chose en tête : penser à m'enrichir des secrets du travail des autres. Je veux acquérir le maximum de savoir-faire pour devenir plus tard charpentier à mon compte.

Les yeux de Bérangère s'embuèrent. Il les essuya délicatement et jugea qu'avec ses larmes retenues elle lui avait donné son accord.

– Je rencontrerai d'autres compagnons, d'autres hommes qui ont soif d'apprendre et, si je réussis, je te reviendrai mûri de connaissances qui te feront honneur ainsi qu'à tous ! Cela ne sera pas facile. Mon patron m'a raconté dans les grandes lignes son compagnonnage.

La nourriture fournie est parfois maigre et le moral bien bas mais il faut résister. « On ne devient pas des hommes de terrain facilement », me répète-t-il. Il a même connu des bagarres et a dû se défendre avec sa canne de charpentier, dans des villes et des quartiers mal famés.

– C'est effrayant ce que tu me dis là, réagit Bérangère.

Puis, dans un sursaut d'espoir :

– Ce tour pourrait-il par hasard te mener à Paris ?

– Il y a peu de chances. J'irai surtout dans de petites communes, là où sont installés les artisans charpentiers. Mais sait-on jamais !

– Si cela arrive, tu me préviendras en écrivant aux Églantiers ? Mes grands-parents sauront me faire passer l'information.

Martin devint grave. Il ne voulait rien lui promettre.

– Et toi, ma chère et précieuse Bérangère, sauras-tu attendre le retour de ton charpentier ? Ne nous faisons pas de promesses difficiles à tenir. Mon patron m'a prévenu que des amours s'étaient éteintes pendant ces longues absences. De toute façon, je suis sûr que tes parents n'ont pas très envie que je devienne leur gendre. Il y a bien mieux que moi sur la place de Paris.

– Je ne supporte pas lorsque tu parles ainsi, le tança Bérangère. J'ai envie de te battre, de te battre de toutes mes forces.

– Allez, oublions cela, laissons grandir l'espoir ancré dans nos cœurs. Et lorsque nous aurons des moments de chagrin, pensons à ces quelques jours que nous avons vécus ici dans notre petite grange du bonheur !

Vaincue, assommée par la sagesse de Martin, Bérangère fut déstabilisée. Pleine de courage, elle tenta de faire la fière afin qu'il sache qu'elle était plus robuste qu'il ne le pensait.

– Ne t'inquiète pas, je vais être forte. Et si à ton retour tu veux toujours de moi pour épouse, je serai là, je te le jure.

– J'aimerais que tu viennes rencontrer mes parents avant mon départ. Je sais bien que tu les connais déjà mais comme nous sommes désormais presque fiancés, ce sera différent.

– Je me demande ce que vont dire les gens d'ici, ils parlent tant. Même si je suis attachée à cet endroit, je ne suis pas tout à fait Boissétoise vu le peu de temps que j'y passe. Ils vont dire que je viens voler un gars du pays, je risque de me faire détester, ne crois-tu pas ?

– Rassure-toi, je saurai te défendre et faire taire les vipères, je les connais bien.

– La vie est si différente, à Paris. On ne scrute pas ce que font les autres, les gens sont plus libres. Mon grand-père m'a dit l'autre jour que Boisset comptait actuellement mille neuf cents habitants éparpillés à travers les fermes. Tu imagines ? À Paris, on doit être plus de deux millions !

– Tu m'apprends bien des choses. Non, je n'imagine pas ce que cela peut faire, plus de deux millions.

Ils ne venaient pas du même monde, le bougnat et la Parisienne. Ils s'en apercevaient par à-coups, dans certaines de leurs réactions. Un fou rire s'empara d'eux. Ils se moquèrent de leurs différences.

Le soir, Bérangère tarda à trouver le sommeil. Ses pensées voguèrent vers Paris, la vie près de ses parents, leur espoir de la conserver auprès d'eux et d'en faire une vraie Parisienne, mariée à un bon parti. Allaient-ils insister ? Seraient-ils prêts à sacrifier leur fille pour s'intégrer davantage dans la haute société ? L'hiver précédent, un acteur renommé avait tenté de séduire Bérangère. Sa mère avait observé de loin le manège, puis l'avait même encouragé. Son attitude avait irrité Bérangère.

– Sais-tu qui est cet artiste, Bérangère, le sais-tu ?

– Non, maman, mais il est vieux et il sent mauvais, je ne veux pas m'en approcher !

Puis, s'adressant à son père :

– Papa, tu te rends compte ? Tu voudrais que je me laisse faire, que j'accepte ces manières, ces attouchements répugnants ? Tout cela pour vos affaires, vos relations ? Il ne faut pas compter sur moi, papa, non, il ne faut pas !

– Je ne vois aucun mal à ce qu'un homme célèbre, reconnu dans le monde du spectacle, se rapproche de toi. Même si je préférerais un élu de la République, un député par exemple, ils ont tous le bras long, les députés, ça peut servir.

Il y avait eu tant de situations analogues. À chaque fois, elles mettaient Bérangère hors d'elle et déclenchaient des discussions houleuses avec ses parents.

– Je quitterai la maison, maman, plutôt que de céder à tes appétits d'argent et d'orgueil !

Son père la remettait à sa place :

– Souviens-toi toujours d'où tu viens, ma fille. Je suis le fils d'un employé agricole qui a dû travailler dans les fermes dès son plus jeune âge, oui, moi ! Tout cela, je m'en souviens. Quant à ma mère, elle a mené une vie dévote à ses côtés, et regarde aujourd'hui où ils en sont ?

– Ils vivent chichement mais je les admire. Vous savez tous les deux à quel point je suis attachée à eux et à leur terre.

– Nous finirons bien par te convaincre, tu verras ! se persuadait sa mère. Au moins, nous n'avons plus les pieds dans la merde ! Nous sommes habillés convenablement et toi aussi !

À chaque dispute, Bérangère craignait de perdre pied, de céder aux exigences de ses parents. Ils étaient des Auvergnats comme tant d'autres, ambitieux et orgueilleux, qui avaient réussi à Paris. Ils étaient de ceux qui s'imaginaient avoir fière allure lorsqu'ils revenaient au bercail. Ils ne s'imaginaient pas à quel point les gens du pays les détestaient avec leurs manières hautaines.

Bérangère se réveilla en sursaut. Des rêves inquiétants l'avaient déboussolée et elle ne parvint pas instantanément à reconnaître sa chambre des Églantiers. Elle se demanda combien de temps elle avait dormi. Elle retrouva ses esprits et, tout heureuse de se trouver encore à Boisset, elle se leva pour prendre son café du matin.

– Tu n'as pas l'air bien réveillée, lui dit Hortense. Ton grand-père est déjà au jardin.

– J'ai dû partir très loin, dans mes rêves.

– Tu as donc rêvé ?

– Oui, grand-mère. Je suis un peu stressée. Cet après-midi, je dois me rendre chez Martin. Il souhaite que je voie sa mère avant son départ.

– Tu sais, peut-être n'ira-t-il pas très loin, j'en ai connu des compagnons qui faisaient machine arrière.

– Ce n'est pas le genre de Martin Liberté. Je dois me faire à l'idée que je ne vais plus le voir pendant deux années.

– Que veux-tu, c'est le travail qui veut ça. Nous n'y pouvons rien, nous autres, les femmes.

Cette dernière remarque ne plut pas à Bérangère mais, par respect pour sa grand-mère, elle ne manifesta aucun agacement.

– Ne te fais pas de soucis pour cet après-midi, tu connais les Bayerols depuis longtemps.

– Oui, mais aujourd'hui, ce n'est plus pareil, nous nous considérons comme fiancés, Martin et moi.

Hortense leva les yeux au ciel.

6

Bérangère se fit belle. Elle voulait se présenter chez les Bayerols la plus jolie possible. Martin vint la chercher aux Églantiers. Il remarqua sa tenue soignée, sourit et salua ses grands-parents.

– Prends-en bien soin ! avertit Eugène. Gare à celui qui lui fera du mal. Je ne chasse pas mais j'ai toujours ce qu'il me faut, au cas où.

– Quel accueil, s'indigna Hortense. N'as-tu pas honte, Eugène ? Qu'est-ce qu'il te prend ?

Eugène s'excusa en riant pour bien faire comprendre à tout le monde que son avertissement était une boutade.

– C'était juste une façon de dire que je tenais beaucoup à notre petite-fille. Tu sais, Martin, elle est notre rayon de soleil.

– Je comprends, monsieur Saintorge. Et je sais que mon compagnonnage vous tracasse, mais je n'ai pas le choix, je dois partir pour devenir un bon artisan.

– Nous ferons tout pour la soutenir, pour qu'elle puisse t'attendre, compte sur nous. Allez-y les jeunes, et passe le bonjour à tes parents de notre part, Martin.

Bérangère ne dit rien. Le ton de la discussion entre son grand-père et Martin la surprit. Elle s'en excusa même auprès de lui sur le chemin.

– Il t'aime, voilà tout, la rassura le jeune homme. Il s'aperçoit que sa petite-fille chérie grandit. N'y pensons plus, ma mère nous attend avec une tasse de café.

– C'est étrange, dès qu'il se sent en danger il sort toujours cette histoire de fusil.

– Ici, dans nos campagnes, cela fait partie du folklore. L'arme est à portée de main, un moyen de défense. Chez moi, c'est pareil.

Ils arrivèrent chez les Bayerols bras dessus bras dessous. La maison était comme dans les souvenirs de Bérangère même si sa dernière venue remontait à quelques années. Jeanne était la plus fraîche dans sa mémoire. Elle la croisait sur la place de l'église, avec des jeunes de son âge. Maria apparut dans l'encadrement de la porte et accueillit Bérangère en l'embrassant.

– Entrez, entrez !

– Mes grands-parents vous transmettent le bonjour, madame.

– J'espère qu'ils se portent bien tous les deux.

– Je ne vois pas Jeanne, dit alors Martin. Elle fait sa timide ?

– Elle ne va pas tarder, une camarade est passée la voir. J'ai préparé le café. Installons-nous dehors, il fait si bon sous le cerisier.

– Puis-je vous aider ? demanda Bérangère. Je n'aime pas rester sans rien faire.

– Et moi alors, je me retrouve tout seul ! s'exclama Martin.

– Toi, tu mets les pieds sous la table et tu attends, comme d'habitude non ? ironisa sa mère.

Il y avait sous le cerisier une table noircie par le temps, un banc et deux ou trois vieilles chaises, prêtes à recevoir les visiteurs. Le chien avait aussi sa place non loin de là, sur l'herbe. Martin aida finalement sa mère et Bérangère, et sortit quelques tasses.

– On se sent bien chez vous, lança la jeune femme.

– Oui mais hélas, cette maison est de plus en plus vide. Mon mari n'est jamais là et mon fils a décidé de s'en aller pendant je ne sais combien de temps. Heureusement qu'il y a le chien sinon je deviendrais folle.

Maria regarda la jeune femme dans les yeux et ne put se retenir de prendre un ton sérieux :

– Martin m'a beaucoup parlé de toi. Il espère que tu vas attendre son retour au pays. Mais deux années, c'est bien long pour un jeune couple d'amoureux, n'est-ce pas ?

– Maman ! Ne la brusque pas ainsi, s'il te plaît !

– Je peux tout de même parler tel que je pense, mon chéri, puisque tu as décidé de nous informer, ton père et moi, de votre relation. Le fait est que Bérangère va rentrer à Paris et que toi tu vas parcourir la France.

Une gêne s'installa. Bérangère ne trouva aucune repartie. L'ambiance se détendit avec l'arrivée étonnante de Germain Bayerols, que personne n'attendait.

– Mais que fais-tu là ? Tu as déjà fini de travailler ? interrogea sa femme.

Il répondit qu'il avait senti un parfum de café et qu'il s'était donc accordé une pause pour en profiter. Il tendit les bras à Bérangère et l'embrassa.

– Je suis heureux de te voir. Martin nous a tellement parlé de toi et te voilà, assise avec nous à l'ombre de ce cerisier vieux comme le monde. Personne ne me sert un café ?

– Tu as bien fait de passer, papa ! Cela me permet en quelque sorte d'officialiser notre relation ! Avec Bérangère, nous sommes en quelque sorte fiancés.

– Ah, l'amour ! C'est beau ! s'enthousiasma Germain. Mais vous savez que des épreuves se profilent. Il va falloir s'aimer sans se voir pendant deux ans. Aurez-vous la force de tenir ?

Martin rapprocha sa chaise de celle de Bérangère, puis passa un bras autour de sa taille.

– Toutes ces années n'ont rien changé à l'attirance que nous éprouvons l'un pour l'autre, à notre complicité. Alors, deux années de plus, cela ne sera rien pour nous, n'est-ce pas Bérangère ?

– Oui, rien n'est impossible puisque nous nous aimons !

– Tu m'as l'air déterminé, constata Germain. Je reconnais bien là le caractère de ceux des Églantiers. Je compte sur toi pour passer nous voir lorsque tu viendras en vacances. Je t'accorde toute ma confiance et j'espère que tu ne me décevras pas, Bérangère.

– Papa ! s'écria Martin. On dirait un général passant ses troupes en revue.

– Toi aussi, Martin, j'espère que tu ne me décevras pas.

– Moi, à qui l'on ne demande rien, je suis certaine que tu seras un jour ma belle-fille, intervint la mère.

– Reste-t-il encore du café ? les interpella Jeanne, qui surgit comme un papillon.

– Tu arrives trop tard pour les nouvelles ! Dommage, chère petite sœur !

– Je n'aime pas ton « petite », cesse donc avec ce diminutif.

Jeanne embrassa Bérangère.

– Te voilà enfin ! Je suis très heureuse de te voir ici !

– Si Martin nous la présente aujourd'hui, c'est qu'il y a une bonne raison, dit Maria à l'intention de sa fille.

– Vous allez vous marier, tous les deux, c'est ça ?

Elle ouvrit de grands yeux au fond desquels on pouvait lire une joie sincère.

– Le mariage, nous en reparlerons à mon retour. En attendant, sois aimable avec ma fiancée, chère sœur.

– Promis !

Il y avait de la bienveillance sous ce cerisier. Germain Bayerols sortit de la poche de sa veste un bout de chiffon qu'il tendit à son fils. Un objet était dissimulé à l'intérieur. Martin découvrit un compas d'épaisseur en très bon état.

– J'ai confiance en toi, mon fils. Pour te le prouver, je voulais te transmettre cet outil pour ton compagnonnage. Il appartenait à mon père et il te servira à devenir un maître charpentier comme lui ! Comme moi !

Martin n'avait jamais reçu un cadeau si symbolique de la part de son père. Il conserva un moment la tête baissée. Il fit mine d'observer le compas, le tournant et le retournant dans tous les sens. En réalité, ce témoignage d'affection l'émouvait. Il en était gêné.

– Un compagnon doit avoir de bons outils ! N'est-ce pas, Martin Liberté ? renchérit son père.

Germain avait fait exprès de choisir ce moment. Entre le départ de son fils qui approchait et la présence de Bérangère, il y avait dans l'atmosphère de cet après-midi-là de la solennité. Le regard de Martin finit par croiser celui de son père. Ses yeux cillèrent un peu. Il eut envie de l'embrasser mais ces effusions n'étaient pas le genre de la famille. Chez les Bayerols, on préférait enfouir ses sentiments à l'intérieur. Il se retint mais tous avaient remarqué son trouble. Puis son père se leva, il devait retourner travailler. Il fit un signe de la main avant de s'éloigner. Martin se leva à son tour dans la foulée, pénétra dans la maison et plaça le compas sur le rebord de la cheminée.

– Il est vraiment beau, il ne me quittera jamais.

Une fois seuls, sur le chemin du retour vers les Églantiers, Bérangère dit à Martin :

– Je suis très heureuse d'avoir été reçue par tes parents. Ils ont béni notre promesse, c'était important pour moi aussi, ils sont un peu ma nouvelle famille.

Elle se serra contre lui, pleine d'espoir. Elle s'interrogeait aussi sur le geste du père de Martin. Pourquoi faire ce cadeau à son fils en sa présence ? Elle y vit un signe d'adoubement.

Pour Martin, le départ approchait. Il reçut de son maître charpentier d'autres cadeaux très utiles. Jules Portant lui donna une sacoche en cuir qui s'attachait à la ceinture, une pochette à clous et quelques outils : un marteau, un ciseau à bois, un rabot, un mètre pliant et trois gouges. Puis il s'entretint avec lui, confidentiellement. Personne ne connut le contenu de leur conversation.

Les jours restants passèrent très vite et, un matin, on aperçut le jeune compagnon sur le quai de la gare, prêt à quitter le pays pour une période indéterminée. Il attendait le train pour Aurillac. Martin était seul, chaussé de gros brodequins. Il portait une veste et un chapeau quelque peu de travers. Une valise en bois contenait ses vêtements. Il avait été convenu que Bérangère ne l'accompagnerait pas ce jour-là. Pourtant il ne pensait qu'à elle. Il priait pour que leur amour résiste au temps.

– Eh Martin, où vas-tu avec tout ce fatras? lui demanda un voyageur. Portant ne t'a tout de même pas mis à la porte, il en serait bien capable celui-là.

– Non, tout va bien! Je pars pour un tour de France, celui des compagnons.

– Tu as bien du courage. J'en connais un qui est parti sur les routes, comme toi. Il est revenu bien vite. Il ne supportait pas les maîtres qui le faisaient travailler.

– J'espère qu'il en ira autrement pour moi. Je me suis fixé deux ans pour acquérir tout le savoir-faire nécessaire.

– Et après? Tu reviendras ici, au pays?

– Nous verrons, c'est possible.

La discussion agaçait Martin, il n'avait pas envie de parler. Profitant d'un blanc, il tourna le dos à son interlocuteur et sortit une lettre de sa poche. Dessus étaient inscrits sa destination et le nom de son nouveau patron. Il devait se rendre à Neussargues, au-delà d'Aurillac. Il lui tardait de connaître cet homme qui avait accepté de le recevoir sur la recommandation de Jules Portant, pour le début de sa grande expédition. Ses pensées se réorientèrent très vite vers Bérangère. Que faisait-elle à cette heure-là?

Elle venait de se réveiller et prenait son petit déjeuner avec ses grands-parents. L'ambiance était morose.

– Je crois qu'il se prépare un orage, dit Eugène, pour meubler le silence.

Seul le chien sembla l'entendre et se tourna vers lui, quémandant une tranche de pain avec le regard qu'il fallait pour avoir gain de cause.

– J'ai déjà du chagrin, lâcha Bérangère. J'ai à peine dormi cette nuit.

– Tu aurais peut-être pu l'accompagner?

– Il me l'a interdit! Il s'est montré intransigeant, il m'a dit qu'il ne partait pas à la guerre.

– Ha! Ha!

– Ce n'est pas drôle! Je me demande où il peut se trouver, encombré de ses bagages, de ses outils.

– Il est où il faut qu'il soit! Allez, parlons d'autre chose.

– Deux années! Vous vous rendez compte? On risque de ne plus se reconnaître!

Saisie par trop d'émotions, Bérangère se leva d'un bond et regagna sa chambre sans avoir touché à ses tartines de pain ni à son café. Les vieux Saintorge voulurent en profiter pour sortir, la laisser un peu seule, mais la progression des nuages les en dissuada. Ils semblaient prêts à se libérer de trombes d'eau. On se resservit du café. Eugène l'allongea avec de l'eau. On ne gaspillait rien dans cette maison. Il mit une bûche dans la cheminée, posa la cafetière sur la crémaillère et s'assit.

– Je vais voir si Bérangère s'est rendormie, dit Hortense, la pauvre chérie.

Leur petite-fille était étendue sur son lit. Le tonnerre qui finit par gronder au-dessus des Églantiers ne la fit même pas sursauter. Son sommeil rassura ses grands-parents. Ils espéraient que le chagrin allait lui passer, que Gaston saurait la consoler quand elle rentrerait à Paris. Qui savait comment leur fils allait réagir aux malheurs de sa fille ? Depuis qu'il avait quitté Boisset pour monter à Paris, il n'était plus le même homme. Ses parents n'avaient presque plus de contacts avec lui, seule Bérangère les maintenait liés, et peut-être aussi l'argent que Gaston leur devait. Lorsque Eugène avait eu son accident, une partie de l'indemnisation versée par Martegal s'était retrouvée dans ses poches. Il avait promis de leur rendre rapidement ce pécule mais n'avait pas tenu parole pour l'instant.

– Tu te rends compte, ma pauvre Hortense, ça fait combien d'années ?

– Je sais, Eugène, mais c'est notre fils. Nous avons fait ce que nous avions à faire, nous n'allons pas en mourir.

– Tout de même, *milladiou* ! C'est un peu fort, ça ressemble à de la malhonnêteté !

– Je t'en prie, ne parlons plus de cela !

– Je n'ai même plus envie de café !

Un craquement les figea. Le tonnerre avait grondé plus que d'ordinaire. La maison en avait tremblé. Hortense se dirigea vers la chambre de Bérangère.

– Bérangère ? Est-ce que ça va ? dit-elle en collant son oreille à la porte.

Elle allait renouveler son appel lorsque la porte s'ouvrit, lentement. Bérangère apparut étourdie face au visage apeuré de sa grand-mère.

– Tu n'as rien entendu ? Nous avons cru que la maison allait s'écrouler !

– Non, je dormais profondément.

Et le tonnerre reprit son œuvre. Une pluie dense dégringolait du ciel. Des cascades déferlaient du toit sauf au niveau du porche où une gouttière avait été installée.

– Le ciel se venge du départ de Martin, lâcha Bérangère. Il montre son désaccord, comme moi.

– Arrête donc de pleurer! Sinon tes larmes vont finir par inonder la maison, osa Eugène en riant.

Hortense tenta une autre approche:

– Resteras-tu quelques jours de plus avec nous? Le ciel va se dégager et je suis sûre que demain il reprendra ses belles couleurs.

Il fallait lui donner du courage. Bérangère était une jeune fleur que l'amour rendait fragile. Ce premier orage qu'elle devait affronter la secouait jusqu'à arracher les pétales encore intacts de sa corolle.

– Non, grand-mère, je dois rentrer à Paris comme prévu. Mes parents et leur comptabilité m'attendent.

– En tout cas, tu sais où nous trouver si tu as besoin de nous!

Bérangère et Hortense s'étreignirent. Leurs larmes chaudes s'entremêlèrent sur leurs joues. Eugène n'osa pas les regarder de peur d'être ému à son tour.

Hortense accompagna Bérangère à la gare. Lorsqu'elles traversèrent le village, quelques voisines les saluèrent d'un signe de la main ou du menton sans pour autant les importuner. Elles savaient qu'une tristesse dissimulée enveloppait ces départs. Entre elles, elles ne se privaient pas de commenter la situation, de médire sur les parents de Bérangère, ces ingrats qui ne mettaient plus les pieds à Boisset. Elles pouvaient bien cancaner autant qu'elles voulaient, cela n'affectait pas Eugène et Hortense.

Dès que la locomotive eut fait le plein en eau, la machine se mit en branle, relâcha une vapeur qui se transforma en fumée. Un coup de sifflet retentit et le train entama son voyage. Il était comme une immense chenille se tortillant à travers les paysages du Cantal. La construction de la voie ferrée avait requis la besogne de bien des hommes de la région. Ces dernières années, on avait rénové les wagons pour améliorer le confort des passagers.

Bérangère avait le nez collé à la vitre. Les arrêts se succédaient. Cet été, une page s'était écrite puis tournée aussitôt. Bérangère avait connu le grand amour, celui que l'on se promet éternel, mais l'être aimé était parti. Plus elle approchait de Paris et plus son cœur se serrait. Des images de ses parents et de l'Assiette Ronde l'assaillirent. Certains habitués de la brasserie l'avaient sûrement réclamée pendant son absence. « S'ils savaient, pensait-elle, s'ils savaient que j'aime un homme, un vrai, un homme de chez moi. »

7

À Paris, son père vint l'accueillir sur le quai. Il attrapa sa valise, l'aida à descendre du marchepied. Il lui dit qu'elle lui avait manqué mais ne lui posa aucune question sur ses vacances ni sur ses grands-parents. Il lui donna des nouvelles de l'Assiette Ronde, lui expliqua qu'elle n'allait pas s'ennuyer, beaucoup de travail l'attendait, plusieurs semaines de comptabilité à mettre à jour. Puis, enfin, au bout de quelques minutes :

– Au fait, comment vont-ils ?

– Ils vieillissent et je crois qu'ils ne comprennent pas que vous n'alliez pas les voir.

– Je parie que la jambe de ton grand-père lui joue encore des tours, esquiva son père.

– Et comment va maman ? Je ne la vois pas.

– Elle nous attend sur le parvis de la gare. Ça va mieux. Elle passe son temps chez le coiffeur ou à faire des soins pour son visage, tu sais bien.

– Je sais, oui, répondit Bérangère, soucieuse.

– Ne t'inquiète pas, elle reprend du poil de la bête. Elle s'est remise à sortir et à entretenir nos relations. Cela lui demande beaucoup d'énergie. Un jour ce sera ton tour, tu verras.

Bérangère laissa un blanc puis se lança :

– Papa, tu sais, je ne deviendrai jamais la Parisienne que tu espères. J'ai un amoureux à Boisset et tu le connais.

– Allons, ce n'est pas un amoureux, c'est un ami d'enfance !

– Avec Martin, nous nous sommes fiancés !

Gaston éclata de rire.

– Les fiançailles d'un été, tout le monde a connu ça, mais il n'en reste jamais grand-chose. Tu l'oublieras, sois tranquille, et essaye de ne plus y penser. Tiens, voilà ta mère !

– Bonjour ma fille. Tu m'as l'air d'avoir bien pris le soleil. Espérons qu'il n'ait pas trop abîmé ta peau. Tu m'accompagneras demain chez le visagiste, il s'occupera de toi. Il faut que tu sois belle, certains clients te réclament tous les jours depuis ton départ.

– Pour la plupart, je les déteste, maman.

– Oh, je sais que le fait qu'ils soient plus âgés que toi te dérange, mais ils ont de bonnes situations, c'est ça qui compte.

Bérangère bouillonnait. Elle voulut se retenir, révéler plus tard à sa mère l'information qu'elle venait de transmettre à son père, mais elle n'y parvint pas :

– Maman, Martin Bayerols et moi, nous sommes fiancés !

Sa mère la dévisagea, stupéfaite.

– Mais enfin, Bérangère, tu n'es même pas majeure. Il faudrait peut-être nous en parler avant de prendre de telles décisions. L'as-tu dit à ton père ?

– Oui, à l'instant, mais il s'est moqué de moi.

Juliette Saintorge eut l'air paralysé par les propos de sa fille mais décida d'adopter la même attitude que son mari, et de faire comme si la relation de Bérangère avec ce Martin n'avait pas d'importance.

– C'est une amourette de jeunesse, ma chérie. Après tout, il n'y a rien de plus normal. Tu verras, à Paris, tu l'oublieras vite. Mais au fait, que penses-tu de mes cheveux?

La réaction de ses parents vexa Bérangère mais elle s'y attendait. Elle avait fait le plus dur, elle le leur avait dit. Au moins ne pourraient-ils pas lui reprocher de leur avoir menti ou caché la vérité. Elle poussa un grand soupir puis écouta sa mère lui narrer ses rencontres avec telle ou telle personnalité. Elle se dit que Juliette de Saintorge n'avait pas changé.

Les parents de Bérangère ne tardèrent pas à discuter entre eux de cette histoire de fiançailles. Dès le lendemain, Gaston Saintorge s'arrangea pour se renseigner sur ce jeune charpentier dont il connaissait très bien la famille. Il était de la même génération que son père, Germain Bayerols.

Après le service, d'un commun accord, ils demandèrent à leur fille de s'asseoir un instant avec eux avant d'aller se coucher. Ils lui dirent qu'ils avaient à lui parler.

– Ma chérie, commença Gaston. Il faut que nous discutions de ce Martin. J'ai cru comprendre qu'il était parti faire son tour de France de compagnon, c'est bien ça?

Bérangère fut tout de suite sur la défensive.

– Oui, c'est bien ça! Mais comment le sais-tu?

– Je me suis renseigné.

– Ah oui, je vois, tu as mené ton enquête!

– Bérangère, ne t'énerve pas, s'il te plaît.

– Je ne m'énerve pas! De toute façon, tes investigations n'y changeront rien, je l'aime et nous nous considérons comme fiancés!

– Ma chérie, tu sais bien que cela n'est pas sérieux, enfin! Tu es si jeune.

– Et alors? Comment avez-vous fait, vous deux? Vous n'aviez pas vingt ans quand vous avez pris la décision de monter à Paris, sans demander l'avis de quiconque! C'est vous qui me l'avez raconté plusieurs fois, avec fierté!

– C'est une autre histoire, ma fille. Nous avons décidé de quitter une terre qui n'avait plus rien à nous offrir. Tout ça pour se construire un quotidien meilleur, un quotidien dont tu profites aujourd'hui, ici, à Paris, avec l'Assiette Ronde. Et tu voudrais épouser un charpentier?

– Ah, Paris, l'Assiette Ronde, la réussite, vous n'avez que ces mots-là à la bouche. Vous ne pensez qu'à ça! À tel point que vous ne pensez même plus aux grands-parents des Églantiers. C'est à croire que vous attendez leur enterrement pour leur rendre visite.

Toute la colère que Bérangère avait contenue la veille, à la gare, ressortait. Jamais elle n'avait parlé ainsi à ses parents.

– Bérangère! hurla son père. Comment oses-tu?

– Ils sont tout seuls, là-bas. Sans autres nouvelles de vous que celles que je leur donne. Grand-père ne peut presque plus marcher, grand-mère s'en sort comme elle peut avec le jardin. Et ils attendent, chaque soir, la fin de journées qui les rapprochent un peu plus de leur fin.

– S'il te plaît, Bérangère, s'il te plaît, arrête !

– C'est la vérité, ils sont malheureux ! Vous vous êtes coupés d'eux, de votre vie d'avant, et maintenant vous voulez me couper de Martin. Rompre des liens, il n'y a que ça qui vous intéresse. Mais j'espère que vous avez bien compris : Martin et moi, nous sommes fiancés !

– Monte dans ta chambre ! ordonna son père. On en rediscutera quand tu seras calmée.

– Ne croyez pas que le temps efface tout. Il y a des choses qui y résistent. Des choses que je ne devrais même pas savoir, d'ailleurs.

La dernière phrase lâchée par Bérangère interpella ses parents. Qu'avait-elle bien pu vouloir dire ? Qu'avait-elle appris ? Ils ne savaient pas qu'aux Églantiers, le jour de l'orage, leur fille s'était réveillée avant le coup de tonnerre fracassant, qu'elle avait surpris Eugène et Hortense en train de discuter de son père. Et de ses dettes.

Martin était bien arrivé à Neussargues, sa première destination. Il lui avait ensuite fallu marcher plusieurs kilomètres en traînant son barda, avant de parvenir chez le maître charpentier Forestal, son nouvel employeur.

– Sois le bienvenu, Martin ! Jules Portant m'a beaucoup parlé de toi, de ta rigueur et de ta détermination à devenir compagnon.

– Bonjour, monsieur, et merci de m'accueillir dans votre atelier.

– Je t'en prie. Tu seras logé et nourri, vêtu pour le mieux. Tu travailleras du lundi au samedi, environ dix heures par jour, et tu seras payé soixante centimes de l'heure. C'est moins qu'à Paris mais c'est le Cantal, ici !

– Bien, monsieur.

– Il faudra aussi que tu apprennes à t'entendre avec mon ouvrier. Il a dix ans de maison et du caractère, mais rien d'incompatible avec le goût du travail bien fait.

– Pas de problème, je suis prêt à commencer.

– Ah, tiens, justement, le voici. Je te présente Adrien Grandeval, mais nous l'appelons Adrien, comme nous t'appellerons Martin, d'ailleurs, ça t'ira ?

– Oui, ça me va. Mon nom de compagnon est Martin Liberté.

– Bon Dieu ! s'écria Forestal. C'est un bien joli nom mais il se mérite, n'est-ce pas ?

– Je suis là pour ça, monsieur.

– C'est donc toi le futur compagnon ? demanda Adrien, qui avait entendu la fin de la conversation. Tu t'es choisi un nom grandiose, il va falloir bosser dur pour gagner le droit de le porter !

– J'essaierai, monsieur.

– Appelle-moi Adrien, comme tout le monde. As-tu déjà ton CAP ?

– Oui, je l'ai obtenu le mois dernier.

– C'est bien, car nous allons travailler tous les deux sur des chantiers difficiles, qui nécessitent quelques compétences.

– Montre-lui plutôt l'atelier, Adrien.

Martin pénétrait dans un autre monde, celui des ouvriers, lui qui n'avait que dix-huit ans. Boisset était déjà loin, la petite entreprise familiale de Jules Portant aussi. En tête, il n'avait plus que la volonté de réussir ce compagnonnage, et le visage de Bérangère. Il savait que les mois à venir allaient être rudes.

L'atelier lui plut. Il retrouva les odeurs de bois qu'il avait apprivoisées depuis l'enfance. Un hangar se trouvait collé à l'atelier. On y entreposait des machines, de grands établis, des poutres en pagaille, des chevrons, des planches, enfin à peu près tout ce dont un charpentier a besoin.

– Ça te convient, Martin ? J'ai fait un peu de place pour toi, là-bas, pour que tu puisses laisser tes affaires et tes outils, si tu en as.

Martin en profita pour vider son sac.

– Tiens, un compas d'épaisseur, réagit Adrien. C'est peu courant.

– C'est mon père qui me l'a offert à mon départ. Il m'a dit qu'il appartenait déjà à mon grand-père. Il faut que j'en prenne soin.

Une complicité s'installait entre Martin et Adrien. Allait-elle durer ? Au moins semblaient-ils avoir échappé à ces divergences de caractère qui rendent la productivité impossible.

– Si nous commencions tout de suite ? s'enthousiasma Martin.

Forestal, qui se trouvait non loin, sourit de l'impatience du jeune homme. Il avait affaire à un courageux. Ce n'était pas pour lui déplaire.

– As-tu déjà travaillé sur des plans ?

– Oui, en cours et même chez M. Portant. Je sais les déchiffrer, reporter des mesures.

– Demain, nous nous rendrons sur un chantier. Il s'agit d'une toiture à rénover. Nous devrons relever toutes les valeurs nécessaires pour créer une nouvelle charpente. Tu vas vite être plongé dans le bain, Martin ! On en saura davantage sur ton expérience et tes connaissances en matière de bois. Ne t'inquiète pas, tout se passera bien. Tout ce qui compte pour moi et M. Forestal, c'est de te transmettre notre savoir, pour que tu deviennes un bon charpentier.

Face à toutes ces recommandations, Martin demeura coi. Une fatigue mêlée à de l'anxiété se lut sur son visage. Devinant son embarras, M. Forestal le prit par les épaules :

– Allez viens, nous reparlerons de tout cela demain matin. Ma femme va te montrer ta chambre. Tu pourras l'arranger à ton gré et te poser un moment. Elle n'est pas très grande mais tu y seras tranquille. À ton âge, on n'a pas de problèmes pour dormir après une journée d'ouvrage !

L'accueil avait été chaleureux. Martin espérait que ce comportement bienveillant ne cachait rien de retors. On lui avait rapporté que certains maîtres d'apprentissage faisaient bonne figure les premiers jours, avant de se transformer en diables.

Il découvrit ce que les Forestal appelaient la chambre du compagnon. Le repas une fois terminé, il s'endormit aussitôt, non sans avoir pensé à Bérangère. Deux années. Deux longues années. Quand il convertissait ce temps en mois, en jours, cela lui paraissait insurmontable. Il regrettait déjà la règle qu'il avait imposée à Bérangère et aux siens : pas de nouvelles au cours de cette séparation. Avant son départ, cela faisait sens. Il se disait qu'il ne voulait se concentrer que sur son travail, ne pas perdre d'énergie à attendre des lettres qui tarderaient parfois, ou bien à trouver le moment de les écrire. N'être perturbé par rien. Il y avait l'orgueil, aussi, de se dire qu'il serait seul face à cette épreuve. Mais aujourd'hui, Martin se demandait comment il avait pu imaginer pareil serment. Quel imbécile !

Au réveil, le jeune charpentier alla chercher de l'eau au puits avant d'avaler un café et un morceau de pain. Le soleil était au rendez-vous, encore plus matinal que lui. Adrien l'attendait déjà à l'atelier. Il préparait de quoi noter toutes les mesures. La force de sa poignée de main surprit Martin.

– Alors, l'angoisse de la rentrée ne t'a pas empêché de dormir ?

– Non, j'ai bien dormi ! Et de toute façon je ne suis pas venu ici pour passer du temps au lit.

Le culot de la réponse plut à Adrien. Il aimait les gens qui avaient de la repartie.

– Au cas où il n'y aurait pas d'échelle, nous emporterons celle-ci. Elle est encombrante mais plutôt légère. Ah, et n'oublions pas le casse-croûte pour nourrir le moteur. Nous avons trois quarts d'heure de marche, tu es prêt ?

– Oui, je ne crains pas la marche. Nous avalions des kilomètres avec M. Portant. Il a encore de bonnes jambes.

– C'est important dans notre métier ! Parfois, nous dormons chez le client, ça fait gagner du temps, mais tu as déjà dû rencontrer ce cas de figure.

Soudés à leur échelle qu'ils tenaient chacun à un bout, les deux hommes accordaient leur pas. Ils ressemblaient à des pantins articulés par les mêmes ficelles, qui ne s'arrêtaient que pour franchir une clôture ou un ruisselet.

– Tu m'as dit que tu connaissais bien les matériaux de la charpente ? interrogea Adrien.

– Je ne me trompe jamais, M. Portant était très exigeant à ce sujet. Il me rabâchait les mêmes conseils : « Tu dois reconnaître les essences au premier coup d'œil, c'est ton métier. Comment un client qui verrait hésiter un ouvrier sur les types de bois à utiliser pourrait-il lui faire confiance ? »

Adrien expliqua à Martin qu'on lui avait rabâché les mêmes conseils lorsqu'il était apprenti, ce qui leur faisait un point commun.

– Nous arrivons bientôt. Est-ce que ça va pour toi ?

– Oui, tout va bien !

– Regarde par là-bas, montra Adrien avec son bras libre. À cinq cents mètres environ tu dois apercevoir la grange dont nous allons nous occuper, un peu sur la gauche, à côté de la maison.

– Que s'est-il passé pour que son toit soit dans cet état ?

– Un orage, la foudre. Certains sont violents par ici. Tant mieux, cela nous fait du boulot.

– Nous dormirons là ce soir ?

– Normalement oui, on nous a assuré du gîte et du couvert, ce n'est déjà pas si mal. Et puis, il y a peut-être une charmante jeune fille dans cette maison, ajouta Adrien en faisant un clin d'œil à Martin.

Le jeune homme ne fit aucun commentaire. Il songea à Bérangère mais se garda pour l'instant de se confier à son collègue sur sa relation. Devant la maison, ses occupants, les Lastruc, les attendaient. Ils les accueillirent amicalement et leur proposèrent un verre de vin rempli à ras bord, raide comme une corde de pendu. Martin n'avait pas trop l'habitude de boire mais il n'osa pas refuser.

– Voilà donc l'ouvrage que nous avons commandé à votre patron, leur expliqua le chef de famille, en désignant la toiture éventrée. Il nous a promis une bonne équipe de charpentiers. À ce que je vois, ce sera vous deux ?

– Oui, monsieur ! Et il nous tarde de nous y mettre, répondit Adrien.

– Nous avons débarrassé la grange des stigmates de l'incendie, un peu comme nous avons pu. Mais tout est encore dans un sale état.

– Ne vous inquiétez pas, nous allons vous fabriquer un toit tout neuf. Voulez-vous que nous installions également les voliges ?

– Ah oui, cela serait parfait ! Les couvreurs n'attendent que ça ! Vous savez, il faudrait que le chantier soit fini avant l'hiver.

– La neige ne tombera pas sur cette charpente, c'est promis !

8

Les ouvriers pénétrèrent dans la grange. Des débris calcinés jonchaient encore le sol, des morceaux de toiture, du foin noirci par les flammes. Adrien observa autour de lui, le sol, les murs, la carcasse du toit. Il se figura la structure, ce qu'elle avait dû être. Puis il s'adressa au propriétaire, debout à ses côtés.

– C'est un miracle que vous ayez sauvé le plancher. Même l'étable n'a pas été touchée.

– Oui, on doit cela aux lauses. Une fois tombées, elles ont protégé le sol.

– Allez, on va prendre les mesures, dit Adrien. Approche l'échelle, Martin, s'il te plaît.

– N'allez pas me chercher trop cher, hein ! Votre patron a déjà regardé ça de près !

– Notre boulot, monsieur, c'est déjà de prendre les mesures afin de déterminer le volume de bois dont nous aurons besoin. Vous voulez une belle charpente, n'est-ce pas ?

– Bien sûr, mais l'argent, vous savez…

– Vous avez bien une assurance, non ? Elle va vous payer au moins une partie des travaux ? Après, si vous préférez que l'on fasse des économies sur le bois, pas de problème. Nous mettrons des poutres et des chevrons plus légers, plus écartés, mais cela sera moins solide. Et avec vos lauses qui pèsent une tonne, je ne peux pas vous garantir que ça tiendra longtemps.

– Ah, nom de Dieu, quel malheur que la foudre soit tombée sur nous.

– C'est comme ça ! Alors, on continue ou pas ?

Lastruc caressait nerveusement sa barbe. Il voulait du solide, certes, mais pas à n'importe quel prix. Il rêvait d'une charpente en châtaignier, il n'y avait rien de mieux dans la région. Aucune bestiole ne s'aventurait sur ce type de bois. Le tanin les rebutait.

– Faites donc vos mesures et, dès que cela sera fait, envoyez-moi votre patron. J'ai du chêne à vendre, peut-être pourrons-nous nous arranger.

– On transmettra.

Une fois seuls, Martin et Adrien discutèrent des tergiversations de leur client :

– Ces paysans, ils veulent le meilleur et n'en payer que la moindre part. Mais Forestal sait y faire, il ne se fait jamais gruger.

– J'ai aperçu de grands volumes de poutres et de chevrons, ainsi que du bois de charpente, là-bas, près du hangar. Il devrait déjà y avoir de quoi commencer.

– Nous devrons aussi en apporter d'autres.

– Oui, et puis bien faire attention que le bois soit dans de bonnes conditions pour sécher.

– Je vois que tu sais déjà des choses, c'est très bien. Allez, relevons les mesures au lieu de bavarder.

Martin se plia de bonne grâce aux ordres d'Adrien. Il savait qu'il fallait se contenter d'obéir, tout du moins dans un premier temps, c'est ce que lui avait recommandé Jules Portant. Ce premier chantier était à sa portée. La toiture était simple, à deux pans.

– Trois poinçons, dont un central, devraient suffire à soutenir la toiture ainsi que les voliges, analysa Martin.

– Nous ne sommes pas loin de la montagne, la neige n'épargne pas la région, indiqua Adrien. Il faut préparer les charpentes en conséquence. Toutes les pièces seront en châtaignier sauf peut-être les voliges. Mais les chevrons, les arbalétriers, les contrefiches et les pannes sablières ou faîtières le seront, obligatoirement.

– On fixera les pannes dans les murs des pignons, à l'emplacement des anciennes ?

– Oui, il vaut mieux procéder ainsi.

Sur un carnet, Adrien avait préparé une épure, avec des annotations spécifiques pour gagner du temps. Discrètement, il jaugeait déjà son cadet, ses choix, ses réactions. Le travail d'un compagnon ne devait souffrir d'aucune imperfection et dès les premières heures de cet équipage, il sut que Martin ne laissait rien au hasard.

En fin de matinée, Lastruc vint les retrouver dans la grange et leur dit :

– Ma femme et moi vous proposons de déjeuner à notre table, si vous le désirez.

– Nous avons prévu notre musette mais nous ferions bien un petit écart pour ce premier jour, avec plaisir.

– Par ailleurs, je peux aussi vous offrir l'aide de deux hommes supplémentaires, si besoin.

– C'est gentil de votre part, mais cela n'allégera pas la facture, sourit Adrien, qui avait bien cerné le personnage.

– Mais je n'y pensais pas, rétorqua Lastruc, vexé. Nous passerons à table dans un quart d'heure.

À nouveau seuls, les deux ouvriers reprirent leur discussion concernant l'ouvrage.

– Bon, il ne s'agit pas d'un chantier compliqué, résuma Adrien. Qu'importe, cela fait quand même gagner de l'argent à notre patron. Et puis, tu verras, des gens des alentours viendront observer comment nous travaillons. Certains essaieront même de nous prendre en faute. Il faut s'en accommoder et rester concentrés. Réaliser un bel ouvrage est la meilleure façon de leur clouer le bec, de nous donner de la visibilité dans le pays. Nos marteaux habiles qui résonnent, voilà notre meilleure réclame !

Ça y était, enfin, Martin avait pour de bon entamé son compagnonnage. Ces deux années allaient être laborieuses, il en avait conscience. Il ne devrait pas compter ses heures. Certains lui avaient prédit une vie de bohème, toujours par monts et par vaux, à dormir un coup chez ses patrons un autre chez ses clients. Qu'importaient les conditions, il était déterminé. Il voulait l'obtenir, cette certification de compagnon, et rien ne devait avoir plus d'importance que cet aboutissement.

– Ce jeune homme boira bien un coup ? l'interpella Mme Lastruc.

Martin refusa poliment, gêné. Le verre qu'il avait accepté le matin lui tournait encore la tête. Adrien vola à son secours.

– Il est jeune et encore timide mais dans quelque temps il ne dira plus non à un verre au déjeuner, comme nous autres. Ne vous inquiétez pas, c'est un bosseur. Chez M. Forestal, il n'y a pas de place pour les tire-au-flanc.

Après une courte pause, Adrien ajouta :

– Ce matin, il a bien travaillé !

Martin se sentit soulagé, presque redevable envers Adrien, qui faisait de son mieux pour lui rendre cette première journée la plus agréable possible.

– Allez, allez, mangez ! les pressa Mme Lastruc.

À table, les conversations furent à peu près les mêmes qu'avec les autres clients paysans. Cela tournait autour de leur ferme, de leurs animaux, de leurs terres, de leur vie austère dont ils adoraient se plaindre alors qu'ils ne l'auraient quittée pour rien au monde.

Dans l'après-midi, les charpentiers dessinèrent des croquis sur les pages du carnet d'Adrien. Ils y rapportèrent les mesures et aboutirent à une esquisse qui sembla satisfaire Adrien.

– Voilà à quoi va ressembler notre charpente, dit-il à Martin. Qu'en penses-tu ?

– Elle est belle mais on va avoir besoin de beaucoup de chevrons.

– Eh oui, c'est une toiture faite de lauses. Il faut que ce soit très solide, surtout avec les couches de neige qui vont s'accumuler cet hiver.

Cette mise au point terminée, Adrien et Martin reprirent la route de l'atelier de leur patron. Il allait maintenant falloir préparer toutes les pièces, avant de les transporter chez Lastruc. À la fin de cette première journée, Martin retrouva sa modeste chambre et sa solitude. Il se débarbouilla à la va-vite et se jeta sur la paillasse. Il parla à voix haute, comme si Bérangère pouvait l'entendre : « Voilà, un premier chantier se prépare et d'autres suivront, jusqu'à nos retrouvailles. Je t'embrasse, ma fiancée ! »

Le lendemain, avec l'aide de Martin, Adrien prépara les épures des poinçons, pièces maîtresses censées supporter presque tout le poids de la charpente. Les mortaises et les tenons devaient s'emboîter de manière parfaite et solidaire.

– Il vaut mieux monter tous les éléments une première fois ici, pour vérification, expliqua Adrien, en posant temporairement des chevilles.

Du coin de l'œil, il observait Martin jusque dans ses moindres mouvements.

– On dirait que tu aimes caresser le bois, Martin ?

– J'adore ça, le contact avec la matière, imaginer la sève qui l'a parcourue et donné vie aux arbres.

– C'est joli ce que tu dis là, c'est rare d'entendre parler les jeunes ainsi. Tu sais que, pour la plupart, ces arbres ont plus de cinquante ans. Ceux qui les ont plantés ne sont souvent plus de ce monde lorsque nous les coupons. Le bois nous survit, pauvres mortels que nous sommes. C'est une matière noble qui connaîtra bien des vies. Et c'est nous qui les lui donnons. Voilà pourquoi j'aime ce métier.

Martin acquiesça, heureux de percevoir chez son camarade cette passion pour le bois. Cela leur faisait encore un point commun. Forestal, qui venait de faire son entrée dans l'atelier, se dirigea vers eux.

– Alors, comment se débrouille notre aspirant compagnon ?

– Pour un début, c'est pas mal du tout, répondit Adrien.

– Tant mieux ! C'était comment chez Lastruc ? Quand pensez-vous être prêts pour commencer ?

– À mon avis, dans deux jours.

– Très bien ! Je viendrai avec vous pour la mise en place des grosses pièces, comme d'habitude. Nous ne serons pas trop de trois.

Deux jours plus tard, comme prévu, ils transportèrent la charpente en pièces détachées à la ferme des Lastruc. Une fois entreposée, on recouvrit la matière d'une bâche afin de la protéger de l'humidité. Ils furent finalement cinq pour procéder à la mise en place : Adrien, Martin, leur patron et les quatre bras supplémentaires promis par le propriétaire. Ils posèrent en premier les entraits sur les murs de façade. Sur les pignons, on prépara les emplacements des pannes. La plupart s'étaient écroulées suite à l'incendie. Lastruc fut ravi de voir des poinçons aussi puissants.

– Ça, au moins, c'est du solide ! Nous serons tranquilles maintenant !

– Jusqu'au prochain coup de foudre, osa l'un des siens.

– Toi, il faut toujours que tu te fasses remarquer, nom de Dieu. Travaille et ferme-la !

Les autres tentèrent de ne pas rire mais ces mots badins mirent de la bonne humeur sur le chantier.

– Et dire que j'ai dû ranger mon foin en fenière, cette année, bougonna encore Lastruc.

– Estimez-vous heureux que personne n'ait été blessé et que vos bêtes n'aient subi aucun dommage, lui fit remarquer Forestal. L'orage en tue, parfois.

– C'est une chance, en effet ! Elles étaient déjà parties en estive, vers Allanche.

– Quand rentrent-elles ?

– Début octobre, juste avant les premières neiges.

– À leur retour, elles seront heureuses de trouver une grange toute neuve et une étable propre. Vous allez en profiter pour tout remettre en état, non ?

– Il faudrait, oui, mais l'assurance ne me remboursera pas tout, je sais bien comment ça se passe.

– Allons bon, vous n'emporterez pas votre argent au cimetière, vous savez ! Vous allez avoir une belle charpente, autant en profiter !

Lastruc ne parlait que de sous, de sous et encore de sous. En dépenser l'angoissait, tout son entourage le savait. De toute façon, la pingrerie était un mal local. Il touchait surtout les paysans. Ici, on préférait en rire. On expliquait que ce mal trouvait son origine dans la sagesse de ceux des campagnes. Vivre de sa terre, aussi modeste soit-elle, tel était le défi de ces gens-là. Il y avait tout de même, dans la région, quelques grandes fermes appartenant à de riches propriétaires. Ils s'en sortaient bien mieux que les petits cultivateurs. Lastruc comptait parmi ces derniers.

Jour après jour, la charpente prenait forme. C'était un vrai travail d'orfèvre. D'en bas, lorsqu'on levait la tête vers elle, on aurait dit un squelette de poisson avec des arêtes en bois. Lastruc s'agaçait parfois pour un rien, alors le ton montait, puis il allait se calmer dans un coin avant de revenir, jovial à nouveau, pour encourager les ouvriers. C'était un lunatique. À la fin de la deuxième semaine de chantier, on installa les voliges. « Et voilà qu'on habille cette charpente comme une princesse », se dit Martin, que son compagnonnage rendait tous les jours plus enthousiaste et convaincu par le choix de son métier.

Sur le chemin du retour, Adrien proposa au jeune homme :

– Demain, c'est dimanche, viens donc dîner à la maison, j'aimerais te présenter à ma femme. Ça te changera des repas « musette » du midi !

– Avec plaisir Adrien, j'en serai très heureux !

– Alors c'est entendu !

Ils se retournèrent pour jeter, de loin, un coup d'œil à la structure. Ils s'arrêtèrent quelques instants pour la contempler, satisfaits. Puis reprirent leur marche.

– Ta copine ne te manque pas trop ? demanda Adrien, que Martin avait fini par mettre dans la confidence.

– Si, un peu. Surtout que nous avons décidé de ne pas nous écrire.

– Deux années sans nouvelles ? C'est de la folie ! Il faut aimer souffrir pour se promettre ce genre de choses !

– Oui, c'est idiot, je m'en rends compte aujourd'hui. Et c'est de ma faute, en plus.

– Mon pauvre Martin, si tu parviens à la retrouver dans ces conditions, tu pourras être sûr que c'est la bonne !

9

À l'Assiette Ronde, la tension n'était pas retombée entre Bérangère et ses parents. La jeune femme leur en voulait et ne parvenait pas à le cacher. Elle avait achevé la comptabilité en retard et repris du service en salle. Avec les clients, elle demeurait avenante, mais ses traits se durcissaient dès qu'elle croisait le regard de ses parents. Un matin, n'y tenant plus, c'est Juliette Saintorge qui décida de briser la glace.

– Cela va durer longtemps ton petit manège, ma fille ?

– De quel manège parles-tu ? s'étonna faussement Bérangère.

– Allez, tu sais bien, cela fait des jours que tu ne nous adresses quasiment plus la parole, à ton père et à moi.

– Je n'y peux rien, c'est ainsi, je n'ai pas digéré votre réaction par rapport à Martin. Plus ça va, plus je me sens étrangère à cette famille.

Juliette ne s'attendait pas à une phrase aussi dure de la part de sa fille mais elle ne voulut pas lui montrer qu'elle était blessée. Elle s'assit à une table à l'écart et demanda à Bérangère d'en faire autant.

– Je vois bien que tu n'es pas totalement heureuse ici. Pourtant, tu sais, d'autres rêveraient d'être à ta place.

– Tant mieux pour les autres alors, maman. Mais moi, je ne supporte plus votre discours, vos certitudes par rapport à ce que devrait être la réussite, pour vous comme pour moi, votre détachement par rapport à vos origines. C'est comme si vous aviez oublié d'où vous venez.

Juliette Saintorge réfléchit à une réponse adéquate, puis se lança :

– Tu sais, avec ton père, nous avons toujours été pleins d'espérance et d'ambition. Au début, quand nous sommes venus à Paris, il était garçon de café et moi serveuse. On trimait pour des clopinettes alors qu'on voyait l'argent tomber dans l'escarcelle du patron. C'est pour ça qu'on a voulu monter notre affaire, devenir nos propres patrons. Nous n'avions pas un sou mais du courage et de l'envie, et c'est cela et uniquement cela qui nous a fait avancer. Tu le sais, je suis orpheline. Je n'ai aucun lien avec l'Auvergne. L'administration n'a fait que m'y placer de famille en famille et je n'ai pas connu, enfant, autre chose que la misère. C'est ton père qui a tenu à ce que tu naisses aux Églantiers, auprès de ses parents. Après l'accouchement, je suis revenue ici dès que j'ai pu, pour travailler. Nous t'avons laissée à Boisset jusqu'à tes trois mois, c'est peut-être pour cela que tu as développé un lien si particulier avec cette terre. Je veux bien le comprendre. Mais tu es bien plus parisienne qu'auvergnate, ma fille.

– Trois mois, tu dis ? s'exclama Bérangère.

– Trois mois, oui. Il fallait faire tourner la brasserie, ton père avait besoin de moi.

Bérangère ne sut pas quelle attitude adopter. Elle était à la fois choquée par la froideur de sa mère et touchée par ses confessions et l'enfance bien différente de la sienne qu'elle avait dû avoir. Était-elle allée trop loin ?

– Je sais que je t'ai froissée, maman, mais j'ai vraiment besoin que tu comprennes ce que je ressens.

Gaston Saintorge finit par apercevoir sa femme et sa fille tout au fond de la salle.

– Mais que faites-vous là ? Il y a du monde au comptoir, ne voyez-vous pas ?

Elles firent mine de ne pas l'avoir entendu.

– Quelque chose ne va pas ? ajouta-t-il.

– On papote entre mère et fille, dit Bérangère.

– Alors vous papoterez plus tard, après la fermeture.

– C'est ça, oui, après la fermeture, comme toujours ! s'agaça encore Bérangère. Il n'y a que ça qui compte pour toi, l'ouverture, la fermeture et la recette en caisse !

Vexée, elle monta à l'appartement et Juliette repassa derrière le comptoir. Gaston prit les commandes en salle. Ils ne revirent pas leur fille ce soir-là. Bérangère resta dans sa chambre. Elle se rendait compte que la séparation si brutale d'avec Martin la mettait sur les nerfs. Pourquoi diable avait-il insisté pour qu'ils ne se donnent pas de nouvelles ? Elle aurait tant aimé pouvoir lui faire part de l'hostilité de ses parents à l'égard de leur relation et s'en consoler dans ses bras. Elle se sentait fatiguée, par moments si faible qu'elle avait envie de dormir pendant des heures pour ne plus penser à tout ça. Ces dernières semaines, elle avait même été sujette à des vertiges.

Le lendemain, les Saintorge ne cherchèrent pas à reprendre la discussion. Ni les autres jours. On décida d'enfouir les sujets qui fâchaient sous le tapis. Gaston Saintorge se montra pourtant plus attentionné avec Bérangère. Il se disait que l'humeur de sa fille allait lui passer mais qu'il fallait tout de même qu'il fasse de son côté quelques efforts. Elle reviendrait à la raison, il en était convaincu. Comment pouvait-il en être autrement ? Elle était l'héritière de ce restaurant, une dizaine d'hommes de bonne famille lui tournaient autour. Son Martin des Églantiers, elle allait l'oublier.

Martin passa le dimanche à dormir puis se rendit chez Adrien pour le dîner, comme convenu. Il s'était fait beau. Il portait une chemise claire, sa fameuse ceinture de flanelle et, aux pieds, des galoches noires vernies. Il se présenta avec un bouquet composé de plusieurs fleurs sauvages auxquelles il avait ajouté quelques roses. Adrien le reçut avec un sifflement d'admiration.

– Quelle élégance, Martin ! Entre donc, voici Émilienne, mon épouse.

– Enchanté, madame, je suis vraiment très heureux de vous rencontrer.

– Cela fait longtemps qu'Adrien voulait vous inviter, voilà qui est fait ! Je suis contente, nous allons pouvoir faire plus ample connaissance. M. Forestal embauche régulièrement des aspirants compagnons et tous sont venus manger ici, c'est une tradition.

Émilienne invita Martin à s'asseoir autour de la table qui était déjà mise. Le jeune homme était intimidé mais se détendit lorsqu'ils commencèrent à manger.

Émilienne avait préparé un excellent civet. Au cours du repas, la charpenterie ne tarda pas à venir occuper la conversation. Adrien parla des chantiers à venir et notamment de la rénovation d'une maison magnifique dont la charpente et les planchers devaient être changés. Ils en auraient pour quelques mois, ce qui les emmènerait jusqu'à la fin de l'année.

– Adrien est passionné jusque dans ses tripes, confia Émilienne à Martin. Parfois, je suis jalouse, j'ai l'impression que son métier compte plus que moi.

– Tu dis n'importe quoi, rétorqua Adrien, rien n'est plus important que toi, ma chérie. Mais c'est vrai que j'adore ce que je fais. Tu verras, si le bon Dieu nous donne un enfant, je lui transmettrai tout mon savoir.

– Gare à moi si c'est une fille!

– Alors nous recommencerons! Moi, je veux un garçon!

Puis, Adrien s'adressa à Martin:

– D'ailleurs, j'aimerais qu'il te ressemble. Je ne te connais pas depuis longtemps mais je suis déjà convaincu que tu possèdes toutes les qualités nécessaires pour bien travailler le bois. Tu l'aimes cette matière, cela se voit. Quand tu la manipules, on dirait que tu prends soin d'un être cher. Parfois, tu te comportes comme un ébéniste ou un menuisier, c'est bon signe.

– Arrête, Adrien, tu le mets mal à l'aise, ce jeune homme!

Émilienne tenta de changer de sujet:

– Parlez-nous donc un peu de votre famille, Martin!

– Je vis chez mes parents et j'ai une petite sœur.

– Ils doivent vous manquer, je suppose.

– Oui, je pense beaucoup à eux.

– Et pas qu'à eux, coupa Adrien. Martin a une fiancée. Mais pour se consacrer pleinement à son compagnonnage, il a pris une décision que je n'aurais sûrement pas eu le courage de prendre à son âge.

Martin fixa son collègue. Il sembla le prier de ne pas en dire davantage. En vain.

– Il a décidé de se priver de toute correspondance avec elle, ainsi qu'avec ses parents d'ailleurs.

– Ça, c'est une drôle d'idée, s'étonna Émilienne. Mais chacun trace son chemin comme il l'entend.

– Oui, mais quand même…, insista Adrien, qui avait visiblement envie de le faire revenir sur son serment. Deux années sans nouvelles, tu imagines? En plus, à peine rentré que tu devras déjà repartir pour ton service militaire.

Martin pâlit d'un coup. Le sang quitta son visage. Il baissa la tête, l'appuya sur les paumes de ses mains ouvertes devant lui.

– Comment ai-je pu ne pas y penser? se reprit-il.

– Allons, n'y pense pas, se rattrapa Adrien. Plein de choses peuvent se passer d'ici là, pardonne-moi de t'avoir mis cela à l'esprit.

Martin parut inconsolable.

– Allez, jeune homme, il va falloir que vous vous changiez les idées, intervint Émilienne. Adrien vous a-t-il indiqué les endroits où vous pouviez rencontrer du monde? À Neussargues, il y a un restaurant qui accueille d'autres compagnons, des menuisiers, des maçons. En revanche, prudence. Là-bas, chacun défend son corps de métier et cela se termine parfois en bagarre. Il faut dire que la consommation excessive d'alcool n'aide pas !

– J'en bois très peu, madame.

– Mais les autres oui, Martin.

– Ne vous inquiétez pas, je saurai me défendre, répondit Martin, qui avait repris quelques couleurs.

Après le repas, Martin rejoignit la maison des Forestal. Il marchait lentement. Il se sentait lourd, son estomac avait absorbé plus de nourriture qu'habituellement ces dernières semaines. Il s'assit un moment sur un muret au bord du chemin. Il en profita pour regarder autour de lui, le ciel, les arbres et les maisons du village aux toits de lauses. Le visage de Bérangère apparut devant lui. Sa chère fiancée, à qui il imposait tant de sacrifices. Il repensa à cette histoire de service militaire, compta sur ses doigts les mois de séparation qui allaient s'ajouter à ceux qu'ils étaient déjà en train de subir. Il sentit des larmes lui venir. Ce soir-là, il ne trouva pas tout de suite le sommeil.

La semaine suivante, sur la route du chantier, Adrien avait la mine des mauvais jours. Il ne parlait pas, concentré sur le chemin sec et poussiéreux. Lorsque le squelette de la grange apparut, il avertit Martin :

– Cette fin de chantier sera pénible. Il nous reste encore beaucoup de travail. Nous allons commencer par cheviller définitivement la charpente, vu qu'elle semble bien se comporter avec cette mise en place provisoire.

– N'aurions-nous pas pu cheviller directement ?

– Si, bien sûr, mais mieux vaut assurer le coup. Nous n'avons pas le droit à l'erreur. Si la neige fait s'effondrer le toit, de quoi aurons-nous l'air ?

Martin acquiesça. Il ne voulait pas contrarier Adrien. Il avait saisi que son collègue n'était pas de bonne humeur.

– Ah, je vous attendais ! s'exclama Lastruc, perché sur un monticule de terre.

– Que se passe-t-il ?

– Je vous espérais plus tôt ! Il n'y a plus de temps à perdre, on annonce de la pluie pour bientôt.

– Comment le savez-vous ?

– Chacun ses astuces pour prévoir la météo, mais ne comptez pas sur moi pour vous révéler les miennes, s'agaça Lastruc.

Décidément, la mauvaise humeur était générale en ce début de matinée. Martin s'en accommoda, il n'avait pas le choix.

– Vous livrez les planches bientôt ? demanda le propriétaire.

– Dans la journée, demain au plus tard ! Ne vous inquiétez pas, tout sera fait dans les temps.

Lastruc continua de ronchonner. Il fallait qu'il « rougne », comme on disait dans le pays. Cela pouvait durer quelques minutes ou plusieurs heures. Puis il revenait avec un litron de rouge pour se faire pardonner. C'est ce qu'il se passa encore cette fois-là quand le bruit des marteaux l'eut tranquillisé.

– C'est un malin, celui-là, se dérida Adrien. Il faudra que tu apprennes à supporter ce genre de client, Martin. Et il y a bien pire. Il est déjà arrivé à Forestal de quitter un chantier et de n'y revenir qu'au bout de deux, trois jours après avoir obtenu des excuses. Ces hommes sont tellement accrochés à leur bien qu'ils peuvent devenir odieux.

– J'espère que je saurai éviter ce genre de conflit.

– « Tu n'auras que ce que le sort t'accordera », comme disait mon grand-père.

Lastruc vint leur servir à boire :

– Ne buvez pas trop tout de même, au risque de tordre les clous.

Les chevrons et quelques liteaux horizontaux furent fixés le soir même. Deux jours plus tard, on installa les voliges. Les charpentiers laissèrent leur place aux couvreurs. Les Lastruc leur préparèrent un excellent repas pour célébrer la fin du chantier. Ils félicitèrent Adrien et Martin pour leur ouvrage.

– Si vous repassez par là un jour, nous serons heureux de vous recevoir, leur dit Lastruc.

Ils récupérèrent leurs affaires, leurs outils, sans oublier l'échelle qui de nouveau les tint liés l'un à l'autre sur le chemin.

– Voilà pour toi un baptême qui se termine bien, jugea Adrien. J'ai apprécié ton travail, Martin. Tu es un bon ouvrier et tu feras un jour un excellent compagnon charpentier !

– Merci ! Merci beaucoup, Adrien.

À leur retour, Forestal se satisfit de les voir en forme. Certains charpentiers revenaient de leurs chantiers marqués par des blessures, des bandages aux bras et aux mains.

– On m'a dit que vous aviez fait du bon boulot ! Bravo ! Reposez-vous un peu, il y a de la besogne qui vous attend à l'atelier.

Avant de se coucher, Martin fit sa toilette, prépara ses affaires pour le lendemain et s'écroula sur la paillasse, sans avoir le temps de se réfugier par la pensée auprès des siens. À quelques centaines de kilomètres de là, au cœur de la capitale, une jeune fille songeait chaque jour à lui. Une traversée du désert avait aussi débuté pour elle.

10

À Neussargues, l'automne s'installait. Adrien et Martin travaillaient sur un nouveau chantier, à Murat : le fameux gros chantier de la rentrée, avec la charpente et le plancher à retaper.

– C'est une toiture magnifique à réaliser ! s'enthousiasma Martin.

– Forestal va être obligé d'embaucher un ou deux ouvriers supplémentaires, soupira Adrien. Nous n'en viendrons pas à bout tous les deux. En plus, cette fois-ci, ce n'est pas un toit en lauses mais en ardoises.

– Ce monsieur ne doit pas être n'importe qui pour avoir une telle maison !

– Cela ne nous regarde pas ! De toute façon, n'oublie jamais que les gens qui nous donnent du travail sont tous plus aisés que nous.

Toujours ravi du travail fourni par Martin, Forestal lui proposa de le garder jusqu'au début du printemps. Il ne conservait pas toujours les compagnons si longtemps, cela dépendait de leurs qualités mais aussi de leur entente avec Adrien. Force était de constater que ces deux-là formaient une équipe efficace. Martin accepta son offre. Il se souvint que Jules Portant lui avait dit qu'il était parfois difficile de se faire embaucher pendant l'hiver. Néanmoins, le jeune homme ne perdait pas de vue qu'il lui faudrait multiplier les expériences et les patrons pour devenir un charpentier le plus complet possible.

Martin passait la plupart des nuits à Murat alors qu'Adrien rentrait à Neussargues pour retrouver Émilienne. Sur place, le jeune homme avait rencontré d'autres apprentis compagnons, des tailleurs de pierre, avec qui il soupait parfois. Ils jouaient aux cartes au bistrot du village, parfois jusqu'à tard. Comme la femme d'Adrien l'avait annoncé, l'alcool faisait parfois dégénérer les parties et les soirées. Chacun défendait sa corporation et voulait triompher en son nom, d'autant que des spectatrices plus ou moins du même âge promettaient aux vainqueurs quelques câlineries.

Un soir, l'une d'entre elles raccompagna Martin jusqu'au chantier où il logeait. Elle s'appelait Raymonde. C'était tout ce qu'il savait d'elle. Elle était mignonne mais pas vraiment belle. Elle le suivit jusque dans sa chambre. L'esprit embué par l'alcool qu'il s'était mis à consommer davantage, Martin se laissa faire jusqu'au moment où il la surprit en train de lui faire les poches. Il la poussa dehors, sans ménagement, puis retomba sur son lit.

La vie des compagnons était faite de ce genre de rencontres. Il y en aurait d'autres, il le savait et espérait qu'il serait plus avisé. Le lendemain soir, ses copains du bistrot se moquèrent de lui mais cela aussi faisait partie du jeu. Qu'aurais-tu pensé de moi, ma chère Bérangère, si je ne m'étais pas arrêté à temps? s'interrogea-t-il.

À Paris, plus les semaines passaient et plus Bérangère s'inquiétait pour sa santé. La colère s'évaporait sans chasser la fatigue. Les vertiges continuaient et les nausées apparurent. Elle se résolut à aller consulter un médecin. Ce qu'il lui annonça la glaça de stupeur puis la fit éclater en sanglots. Elle souffrait de maux bien naturels, ceux qu'une femme rencontrait lorsqu'elle attendait un enfant. Elle le cacha du mieux possible jusqu'au jour où sa mère, se doutant de quelque chose, lui posa la question :

– Tu es enceinte de combien de mois, ma fille ?

Bérangère ne répondit rien.

– Tu sais, une mère devine ces choses-là. Je t'observe depuis quelque temps, j'attendais que tu m'en parles. Je n'ai rien dit à ton père, je te laisse le soin de lui apprendre. J'espère que tu réalises à quel point tes actes inconsidérés vont bouleverser notre vie, Bérangère. Tu es vraiment en train de tout gâcher. Tout.

La jeune femme fut à nouveau choquée par la violence froide des mots de sa mère. Elle trouva la force de lui répondre.

– Je suis prête à assumer, maman. C'est mon problème, ma vie.

– Cela est arrivé cet été, je présume ?

– Oui.

– Le père est donc ce charpentier parti je ne sais où et de qui tu n'as plus aucune nouvelle. Tu n'as pas trouvé mieux ?

– Non, je n'ai pas trouvé mieux, comme tu dis. Tes paroles me blessent et blessent aussi l'enfant que je porte.

Juliette perdit soudain ses nerfs. Son visage prit un air terrible, s'habilla d'encore plus de méchanceté et de haine.

– Tu fous notre vie en l'air, Bérangère ! Un gendre charpentier, qui ne l'est pas encore vraiment d'ailleurs ! Il va falloir que nous arrangions ça et vite, que nous te trouvions un homme qui t'accepte comme tu es, puis vous marier rapidement.

Bérangère s'affaissa sur sa chaise puis s'écroula par terre. Gaston accourut pour la relever. Le malaise de sa fille ne calma pas Juliette. Elle était folle de rage.

– Ta fille est enceinte de plusieurs mois mais évidemment, toi, tu n'as rien vu ! C'est une catastrophe !

Gaston releva Bérangère et ne réagit pas aux propos de sa femme.

– Ça va aller, ma fille, ça va aller. Je vais t'aider à rejoindre ta chambre, voilà, doucement.

Il essaya de la soutenir par des gestes à la fois délicats et maladroits. Juliette les suivit dans l'escalier, en furie.

– Je l'avais pourtant mise en garde ! Ah, ces garçons de la campagne !

– Ça suffit, Juliette ! s'énerva Gaston. Tu vois bien que ce n'est pas le moment.

– Qu'allons-nous faire avec ce gamin sur les bras ?

Bérangère se retourna, fébrile.

– Il n'y a rien à faire, maman. Il est là, dans mon ventre. Il naîtra en avril. Je ne sais pas encore où mais rien, sauf un malheur, ne pourra changer cela.

– Allons, allons, ne parle pas de malheur, ma fille. Nous sommes tous sous le coup de l'émotion. Nous devons nous calmer.

– L'avenir de l'Assiette Ronde est en péril, reprit Juliette, hermétique aux paroles de sa fille et de son mari. J'espère que vous vous rendez compte de cela!

– Stop! la coupa Gaston. Nous y verrons plus clair demain. Laissons Bérangère se reposer.

Juliette quitta la chambre de sa fille en claquant la porte et dévala l'escalier.

– Ne lui en veux pas, dit Gaston à sa fille. Elle est contrariée, c'est normal. C'est bien ce Martin qui t'a fait ça?

– Oui, papa, bien sûr que c'est lui.

Gaston eut envie de dire plein de choses à sa fille mais les mots ne vinrent pas. Ils restèrent coincés au fond de sa gorge ou bien plus loin, dans sa tête.

– Si je compte bien, il te reste encore cinq mois avant d'accoucher? demanda-t-il.

– C'est ça, cinq mois à me supporter dans cet état. J'espère que cela ne nuira pas à mon travail.

– Oh arrête, ne dis pas de bêtises. Tes grands-parents ont-ils été informés?

– Je n'en ai pas encore eu le courage. Je pense souvent à eux, tu sais. J'imagine déjà mon enfant aux Églantiers. Ce sera un petit de là-bas, comme toi.

– Ne devrais-tu pas prévenir également les parents de Martin?

– Je n'en sais rien, papa. Je crois que je suis un peu perdue.

La fin du mois de décembre approchait. Le tour de taille de Bérangère grossissait à vue d'œil, certains clients commençaient à le remarquer. Aux importuns elle inventait une histoire, elle disait que son mari était en déplacement à l'étranger et qu'il n'allait pas tarder à rentrer. Ils ne la croyaient pas tous mais au moins arrêtaient-ils de poser des questions. Bérangère l'ignorait mais sa mère avait un plan en tête.

Elle tenta de le mettre en œuvre la veille de Noël. Ce jour-là, sans lui dire où elles allaient, elle demanda à sa fille de bien se vêtir et l'emmena chez un homme qu'elle avait rencontré lors des réunions de bienfaisance qu'elle fréquentait.

– Où va-t-on, maman ? Tu ne vas tout de même pas me présenter quelqu'un dans mon état ?

– Mais non, n'aie crainte, il s'agit juste d'une visite de courtoisie.

– Je suis fatiguée, maman, j'ai envie de rentrer à la maison.

– Nous sommes presque arrivées.

Elles pénétrèrent dans un immeuble cossu. En franchissant la lourde porte d'entrée, Bérangère, de plus en plus réticente, fit quelques pas en arrière.

– Allez viens, on nous attend !

Juliette Saintorge se fit annoncer. Le domestique revint.

– Monsieur va vous rejoindre au salon. En attendant, veuillez s'il vous plaît me remettre vos manteaux. Puis-je vous apporter du thé ?

– Non, merci.

Les traits tirés de Bérangère trahissaient son appréhension. Que faisait-elle ici, enceinte, dans ce salon luxueux ? Sa mère lui renvoyait un sourire serein afin de contenir son angoisse. Une porte s'ouvrit et un homme très distingué se dirigea vers Juliette. Il lui baisa les mains. Puis il s'approcha de Bérangère qui voulut se lever mais fut priée de rester assise.

– Vous voilà donc, Bérangère, dit-il. Mes hommages, mademoiselle. Je suis heureux de vous connaître enfin, votre mère m'a beaucoup parlé de vous et de votre situation, si je puis dire.

– Ma fille est un peu impressionnée, cher ami, ne lui en voulez pas trop.

– Je m'appelle Gustave de Tinchignant. Je ne suis pas un ogre, chère Bérangère, mais un homme veuf et donc seul depuis un certain temps.

Bérangère attendit la suite même si elle avait déjà saisi le piège que sa mère lui avait tendu.

– Je désire refaire ma vie et la venue au monde de votre enfant ne me gêne aucunement, bien au contraire. Je n'en ai jamais eu et les années qui nous séparent vous et moi seraient bien vite effacées si vous pouviez réfléchir à la proposition que je vous fais. Elle vous promet un bel avenir, bien à l'abri des soucis financiers. J'ai l'honneur de diriger une banque, ici, à Paris.

Bérangère ne parvint pas à lui répondre. Instinctivement, elle posa ses mains sur son ventre, puis lança un regard implorant à sa mère. Juliette détourna la tête. La jeune femme ressentit comme un coup de poignard en plein cœur.

– Croyez bien que je comprends votre surprise, Bérangère. Prenez donc le temps d'y réfléchir, revoyons-nous tous les deux dans les jours qui viennent.

Bérangère demeurait muette. Gustave de Tinchignant ne voulut pas faire durer ce moment gênant plus longtemps.

– Merci en tout cas d'avoir accepté de me rendre visite. Votre mère me donnera de vos nouvelles. Sachez que je suis déjà impatient de vous revoir.

Les deux femmes se levèrent et après un baisemain délicat du directeur de banque, elles quittèrent les lieux. À peine sortie, Bérangère chercha un endroit pour s'asseoir et se mit à pleurer par saccades toutes les larmes de son corps.

– Ne m'attends pas, hurla-t-elle à sa mère, ne m'attends pas, va-t'en !

11

À l'Assiette Ronde, on préparait le réveillon de Noël. Bérangère était revenue épuisée de la visite au banquier, le visage boursouflé par les pleurs. Elle s'était enfermée dans sa chambre et ne voulait plus en sortir.

– Que s'est-il passé, nom de Dieu ? s'exaspéra Gaston.

– Je t'en parlerai un autre jour, éluda Juliette.

Gaston jura de plus belle et alla frapper à la porte de la chambre de sa fille. Il l'entendait sangloter de l'autre côté de la cloison. Il la supplia de lui ouvrir. Elle le laissa se décourager. Lui non plus elle n'avait pas envie de le voir. Elle ne réveillonna pas avec ses parents et ne réapparut que le lendemain matin.

– Je vis le Noël le plus triste de ma vie, dit-elle à son père.

Les mots de Bérangère provoquèrent chez Gaston une immense tristesse. Il ne savait pas trop quoi lui dire ni comment la consoler. Il était dépité de la voir ainsi.

– Il faut te ressaisir, ma fille, au moins pour ton bébé.

– Ça se voit que tu n'es pas au courant de ce que maman a tenté de me faire. Je ne pourrai plus jamais la regarder en face.

– Tu es exténuée, tu ne sais plus ce que tu dis.

– Tu es lâche, papa, lui lança Bérangère, qui avait besoin de déverser sa colère sur quelqu'un. Tu es lâche comme avec tes parents que tu ignores, que tu renies.

– Mais arrête, nom de Dieu, qu'est-ce qu'il te prend ?

– L'histoire se répète ! Maintenant c'est de moi dont vous avez honte, parce que je me suis fiancée avec un charpentier, parce que je porte son enfant.

– Tu deviens folle, ma fille.

– Ah oui ? Hier, maman a voulu me vendre à un vieil homme, je ne lui pardonnerai jamais.

– Quoi ? Mais c'est impossible !

Gaston ne voulut pas croire ce qu'il venait d'entendre. Il crut d'abord à une invention de Bérangère et la fit répéter plusieurs fois son histoire. Elle confirma ses dires. Elle ne lâcha rien, solide comme un roc. Son père finit par douter. Elle le toisait avec pitié en se demandant s'il allait avoir le courage d'affronter sa femme.

– Ce que tu avances est très grave, Bérangère.

Gaston essaya de vérifier ce que Bérangère lui avait dit sans éveiller les soupçons de sa femme. Il voulait être sûr que cela s'était bien déroulé ainsi. Ou alors il espérait qu'à force de repousser le moment d'en parler à Juliette, cette affaire allait disparaître de la mémoire du monde. Mais un matin, il surprit une nouvelle dispute entre sa femme et sa fille. Il s'approcha des deux femmes qui s'écharpaient au fond de la salle du restaurant et entendit Bérangère dire à sa mère :

– Je ne suis pas à vendre, maman. Mets-toi bien ça dans le crâne !

– Je ne veux plus jamais entendre parler de cette histoire ! tonna Gaston. Jamais ! Vous m'entendez ?

Sa colère figea Bérangère et Juliette. Il se tourna vers sa femme et lui demanda d'une voix qu'il tentait de maîtriser :

– Qui est donc cet homme dont vous parlez ?

– À quoi cela te servirait de le savoir ?

– J'insiste ! hurla-t-il à nouveau.

– Gustave de Tinchignant, le banquier.

– Nom de Dieu, mais qui t'a donné une telle idée ?

– Lui-même ! Il s'était rendu compte de la grossesse de Bérangère. Il l'aurait épousée sans faire le moindre problème, lui qui n'avait jamais eu le bonheur d'avoir un enfant avec sa première femme, décédée il y a plus de dix ans.

– Bravo, un de nos meilleurs clients en plus. Attend-il encore la réponse de Bérangère ?

– Oui, mais c'est un homme intelligent, il comprendra son attitude. Je lui porterai sa réponse.

– Certainement pas, j'irai moi-même, annonça Gaston.

– Tu ne me fais donc plus confiance ?

Gaston ne répondit pas à la question de son épouse. Il lui ordonna de reprendre le travail. Entre eux, une première fissure venait d'apparaître. Comme toutes les lézardes qui trahissent la vétusté de certaines fondations, elle ne se restaurerait pas aisément.

Un soir, Gaston se présenta chez Gustave de Tinchignant. Le banquier lui confia qu'il s'attendait à sa visite.

– Ma proposition a dû vous surprendre, monsieur Saintorge, et je vous comprends. Votre femme m'avait informé de la situation de votre fille lors d'une rencontre de bienfaisance.

Juliette avait donc encore menti, elle avait tout manigancé.

– Et vous souhaitiez donc faire une bonne action ?

– Ce n'est pas ainsi que je voyais la chose et, si vous me permettez…

– Non, monsieur, je ne vous permets pas. Mettre une jeune fille de dix-huit ans dans votre lit, enceinte qui plus est, cela ne vous paraît-il pas quelque peu déplacé ?

– Mais, cher monsieur, entre nous il n'y a eu qu'une entrevue. Quelle affaire faites-vous là ! Et puis votre épouse avait l'air tellement déterminée !

– Le sujet est clos, c'est moi le chef de famille. Ma fille est sous ma responsabilité et elle n'est pas à vendre.

De retour chez lui, il informa sa fille de sa visite et Bérangère fut soulagée. Il eut ensuite une longue discussion avec sa femme. Il ne lui dit pas à quel point son attitude l'avait dégoûté. Seule Bérangère comptait désormais, son bien-être. Ils décidèrent qu'il serait sans doute mieux pour l'équilibre de tout le monde que leur fille aille achever sa grossesse aux Églantiers, chez ses grands-parents. La jeune femme accueillit la proposition avec joie.

– Je vais leur écrire ! Je ne les ai toujours pas informés de mon état !

Elle rédigea des dizaines de brouillons de lettre. Elle fut elle-même surprise de ne pas trop savoir comment annoncer la nouvelle à ses grands-parents ni leur demander de l'héberger jusqu'à l'accouchement. Elle relut plusieurs fois la missive enfin terminée. Elle y expliquait qu'elle attendait un enfant de Martin, qu'il ne reviendrait qu'en juillet de l'an prochain et qu'il ignorait toujours qu'il allait être papa. Elle leur confia que ses parents avaient du mal à accepter sa grossesse et qu'elle se verrait bien venir se réfugier auprès d'eux, à Boisset. Cette lettre, elle n'osa d'abord pas la poster, ce qui agaça son père.

– Quelque chose d'autre ne va pas, ma fille ?

– Oui, papa.

– De quoi s'agit-il ?

– J'ai peur de les choquer, j'en ai mal à l'estomac.

– Mais non, Bérangère, ils vont être très heureux de t'accueillir, crois-moi.

– Cela fait encore un service de plus que nous leur demandons.

– Comment ça, encore ?

– Je ne devrais pas t'en parler, papa, mais je n'arrive pas à garder ça pour moi.

– Alors parle donc !

Gaston commençait à s'énerver.

– Je sais qu'un jour tu leur as emprunté de l'argent, de quoi t'aider à monter ton affaire.

– C'est vrai. Ce sont eux qui te l'ont dit ? l'interrogea Gaston, qui ne s'attendait pas du tout à ce que Bérangère soit au courant.

– Ça n'a pas d'importance, papa. Tu avais promis de le leur rendre dès que possible et tu n'as pas tenu ta promesse. Ils ne t'ont pourtant jamais rien réclamé. Et aujourd'hui encore tu leur demandes de l'aide en envoyant chez eux ta fille enceinte ?

Gaston fut soudain gagné par le remords.

– Tu as raison, ma fille. À force de remettre cela à plus tard, je ne l'ai toujours pas fait.

– Maman est-elle au courant ?

– Bien entendu.

– Ils doivent me prendre pour un voleur, craqua son père. Et toi aussi. Tu as bien fait de m'en parler, ne t'inquiète pas, je vais me faire pardonner.

Bérangère le laissa à son désarroi et se décida à aller poster la lettre.

Une réponse arriva une dizaine de jours plus tard. Sa grand-mère lui avait écrit une lettre émouvante. Dedans, Hortense s'étonnait de son état mais se réjouissait de l'arrivée prochaine d'un nouvel enfant dans la famille. Suivaient de nombreuses recommandations, comme celles que pouvait faire une grand-mère à sa petite-fille enceinte, à seulement dix-huit ans. Bien entendu, ils espéraient maintenant la voir aux Églantiers le plus vite possible. Tout serait prêt pour l'accueillir dans les meilleures conditions.

Gaston proposa à sa fille de la conduire en Auvergne. Juliette ne voulut pas les accompagner. Depuis que son mari lui avait appris que Bérangère était au courant de cette histoire de prêt, elle s'imaginait que les gens de Boisset les prenaient pour des voleurs. « Et si c'était du chantage ? » suggéra-t-elle à son mari, qui la trouvait de plus en plus insupportable. Lui aussi était perturbé par les révélations de sa fille, mais il ne pensait qu'à réparer sa faute. Avant de partir, il se rendit chez le banquier. Il pensait au temps qui s'était écoulé depuis sa dernière visite à Boisset, à tous les prétextes inventés pour ne pas s'y rendre. Il se réjouissait de mettre fin à cette absence. En plus, l'hiver allait les accueillir. Il adorait voir l'Auvergne sous la neige. Bérangère, elle, n'avait plus qu'une seule chose en tête : rejoindre au plus vite les Églantiers pour profiter de ceux qui l'aimaient assez pour partager ses secrets.

12

Le samedi 22 janvier 1898, Gaston Saintorge et sa fille arrivèrent à Boisset. La jeune femme ne sentait pas le froid tant elle était heureuse. Coiffé d'une casquette, le cou protégé par une écharpe en laine, Gaston redécouvrait ces paysages qu'il n'avait pas vus depuis des années. Sur les hauteurs, on devinait la neige, mais elle n'était pas encore descendue jusqu'au village.

– Ils ne doivent pas nous attendre aujourd'hui, dit Bérangère. Faisons-leur la surprise !

– Attention, ma fille, le chemin est gelé.

– C'est marrant de voir ce décor à cette période. Tout est différent. Les églantiers n'ont pas de feuilles, la nature est nue, elle vit une parenthèse, un peu comme Martin et moi.

– Où qu'il soit, il doit être loin de s'imaginer que tu es ici avec ton père.

– Pour toi, il n'est pas là, mais je crois l'apercevoir partout.

Gaston s'arrêta, il prit sa fille dans ses bras et l'embrassa tendrement. L'affection attendait parfois d'étranges situations pour se manifester.

– Regarde, papa, on aperçoit la fumée de la cheminée ! Viens, dépêche-toi !

– Doucement, ma fille, n'oublie pas que tu portes un enfant.

– Je suis née ici, il ne peut rien m'y arriver de mal.

Ils approchèrent de la maison, plantée au milieu du jardin. Le potager était gelé lui aussi. Soudain, Gardy laissa échapper des jappements, le temps de reconnaître Bérangère. Puis la porte s'ouvrit sur la silhouette d'Hortense, hallucinée de voir son fils accompagner sa petite-fille.

– Pour une surprise ! Viens voir, Eugène, qui nous arrive !

– C'est la petite, pardi, comme nous l'attendions !

Eugène s'avança et, en voyant son fils, ne put retenir un « *milladiou* !» retentissant.

– Mais c'est Gaston qui nous ramène notre Bérangère ?

Hortense serrait déjà sa petite-fille contre elle tandis que Gaston s'approchait de son père. Ils s'étreignirent. Eugène était ému.

– Il fallait bien que je revienne un jour !

– Entrez vite, ce froid va nous filer la crève, ordonna Eugène.

– J'avais oublié à quel point il faisait bon ici, près de la cheminée, dit son fils.

– Mettez-vous à l'aise, dit Eugène. Gaston, débarrasse ta fille et rangez vos affaires dans la chambre, comme tu pourras. Il y a toujours deux lits. Bérangère doit être fatiguée de ce grand voyage, dans son état.

– Nous sommes bien contents que vous soyez là tous les deux, dit Hortense. Juliette n'a pas pu venir ?

– Il fallait bien que l'un de nous deux tienne la boutique, justifia Gaston.

– Nous étions en train de préparer un pot-au-feu, signala Eugène. Vous ne mourrez pas de faim ici, ce n'est pas l'habitude de la maison.

Gardy tournait autour de Gaston. Il commençait à l'apprivoiser. L'accueil était chaleureux mais le fils Saintorge devinait des regards furtifs. Ils indiquaient qu'il allait falloir, à un moment ou à un autre, crever l'abcès.

– Ne tardons pas car tu dois être épuisée, dit Hortense à Bérangère.

– Tout va bien, grand-mère. Ici, je ne crains plus rien!

À l'attitude apaisée de sa fille, son père vit à quel point les Églantiers constituaient pour elle un havre de paix, un endroit où elle se sentait en sécurité. Il lut sur son visage une quiétude inhabituelle qui le rassurait et lui rappelait en même temps à quel point la vie à Paris, pour elle, était difficile.

Ils étaient donc quatre Saintorge assis autour de la table en bois aux angles imparfaits, aux rainures marquant les années passées comme les rides sur les visages des vieilles femmes. La pendule se faisait toujours entendre.

– Ton pot-au-feu est excellent, maman, il n'y a vraiment qu'ici qu'on puisse le déguster ainsi!

Hortense avait trop de poids sur le cœur. Il lui fallait l'évacuer. Le compliment de son fils agit bizarrement comme un détonateur.

– Alors pourquoi diable ne venez-vous pas plus souvent aux Églantiers, Juliette et toi? Ne sommes-nous pas assez bien pour vous autres de Paris?

Ça y était, le piège tant attendu se refermait sur Gaston.

– Tu as raison, maman. Nos vies se laissent emporter par le travail. Notre ambition nous a submergés et nous a fait perdre de vue le chemin jusqu'ici, là où tout a commencé. Je sais que j'ai commis des erreurs. Le temps est venu de les réparer.

– Calmons-nous, intervint Eugène, qui craignait que la discussion n'empire. Nous allons envoyer de mauvaises ondes au bébé.

– Tu as raison, grand-père.

Hortense parvint à maîtriser sa colère mais les cendres couvaient encore, de celles qui entretiennent sournoisement les flammes.

– Gaston, tu vas me goûter ce pâté de foie de la maîtresse de maison. Tu en raffolais lorsque tu étais gamin.

– Tu te souviens encore de ça, papa ?

– Et comment ! Demain je vous préparerai des châtaignes avec un bon cidre. Vous vous régalerez tous les deux.

– Des châtaignes de Boisset ! s'écria Gaston.

– Je suis un peu fatiguée, soupira Bérangère. Je crois que je vais vous laisser, je ne tiens plus debout.

– Je t'accompagne dans ta chambre ? suggéra Hortense.

– Merci grand-mère, ne te dérange pas. Bonne nuit à tous.

Une fois Bérangère sortie de la pièce, Hortense se tourna vers son fils.

– Tu as vraiment de la chance d'avoir une petite comme ça.

– Oui, enfin, elle aurait pu attendre un peu… Enfin tu vois ce que je veux dire.

– Ce qui est fait est fait ! Il ne sert à rien de regarder en arrière.

– Quelqu'un ici aurait-il des nouvelles de ce Martin ?

– Non, nous n'en avons pas. Ses parents en savent peut-être davantage.

– Ils nous l'auraient dit s'ils en avaient eu, intervint Eugène. Ils sont au courant pour les deux jeunes. C'est un garçon très bien, Gaston, tu peux nous croire.

– Et s'il ne revenait pas ? Deux années d'absence, c'est interminable, non ?

– Tu es gonflé de dire cela devant nous, s'énerva à nouveau Hortense. Depuis combien de temps n'es-tu pas venu voir tes parents, toi ?

– J'ai trop tardé, j'en suis conscient. Et je voulais aussi vous dire que je n'ai pas oublié les dettes que j'avais envers vous.

– Nous ne te réclamons rien, répondit Gaston, surpris. Tu es notre fils, nous t'avons aidé, il n'y a rien de plus normal.

Gaston avait du mal à respirer. Le feu de cheminée tout à l'heure si accueillant lui parut s'être mû en fournaise. La bienveillance de ses parents à son égard le mit encore plus mal à l'aise. Il se sentait sale, malhonnête. Il menait une existence aisée à Paris alors qu'Hortense et Eugène vivaient ici, chichement, sans jamais lui avoir demandé quoi que ce soit. Il se leva, pénétra dans la pièce d'à côté où Bérangère s'était endormie et en ressortit une pochette à la main. Ses parents observèrent son manège avec curiosité mais sans impatience. Leur fils se rassit devant eux :

– Voilà, c'est ce que je vous dois. Ne dites rien, je vous en prie. Acceptez simplement mes excuses pour mon attitude.

Posée au milieu de la table, la pochette convoqua le silence autour d'elle. Pas une main ne se dirigea vers elle.

– Allez-y, cet argent vous appartient, les encouragea Gaston.

Eugène prit la parole :

– Nous n'en avons pas besoin. Nous vivons très bien sans.

Hortense, elle, ne fit aucun commentaire mais finit par saisir la pochette. Elle la glissa dans la poche de son tablier qu'elle ne retirait presque jamais.

– Merci, mon fils. Ton père est très orgueilleux mais ce n'est pas lui qui gère le budget dans cette maison. Il ne s'est jamais rendu compte à quel point nous tirions le diable par la queue. Cet argent nous servira.

Gaston retrouva du souffle, soulagé que sa mère ait mis fin à cette discussion. Il était reconnaissant envers ses parents. Ils auraient pu laisser échapper des reproches, le genre de remarques aigres auxquelles Juliette l'avait habitué. Il n'en était rien. La soirée se termina par un verre de gnole partagé avec son père, non pour fêter l'ardoise effacée mais simplement sa présence aux Églantiers.

Avant d'aller se coucher, Gaston osa tout de même demander à Eugène :

– Dis-moi, juste entre nous, aviez-vous dit à Bérangère que je vous devais de l'argent ?

– Fichtre non ! Ni ta mère ni moi, ça ne la concernait pas.

Ce mystère encombrait l'esprit de Gaston. Personne d'autre que lui et Juliette n'était au courant de ces dettes. Alors, comment Bérangère avait-elle su ? La nuit tomba sur le pays. Pour tenter de chasser ses tourments de sa tête, Gaston s'habilla chaudement et sortit prendre l'air. En janvier, dans le Cantal, un froid vif et piquant vous enveloppait. Il n'alla pas loin. Il fit juste le tour de la maison, celle où lui aussi était né un jour, comme Bérangère, comme son enfant à elle, bientôt.

Gaston s'accorda une grasse matinée. Après tout, il n'en avait pas souvent l'occasion et c'était dimanche. Encore allongé dans son lit, il se souvint que, quand il était adolescent, il faisait tout pour ne pas aller à la messe afin de pouvoir rejoindre au café ses copains, histoire de taper le carton. Peut-être la vie ici n'avait-elle pas tant changé que ça depuis son époque ? Le Moulègre avait guéri des froidures hivernales, charrié l'eau des printemps. Il avait passé des étés à marée basse et retrouvé la forme lors des automnes pluvieux. Il aimait cet endroit, alors pourquoi n'y revenait-il pas plus souvent ?

Il se leva, rangea un peu ses affaires et rejoignit les siens.

– Ne sentez-vous pas une odeur particulière vous chatouiller les narines ? interrogea Hortense.

– Ne serait-ce pas…

– Un poulet aux cèpes ! s'enthousiasma Bérangère.

– Il y a si longtemps que je n'en ai pas mangé, pensa Gaston à voix haute.

Après le repas qui fut excellent, Bérangère attira son père dans la chambre.

– Tu ne parles guère de maman, quelque chose ne va pas?

– Non, tout va bien. Je trouve simplement que notre départ ne l'a pas rendue très triste.

– J'espère que vous viendrez voir mon enfant tous les deux dès sa naissance. Tu promets?

– Oui, promis, ma fille. Puisses-tu d'ici là avoir des nouvelles de son père.

– Ce qui compte, papa, c'est qu'il me reviendra un jour. En attendant, je ne craindrai plus l'avenir avec mon fils. Ce sera un garçon, j'en suis sûre!

– Je ne vais pas tarder à reprendre la route, tu sais. Mais je vais aller faire un tour au village avant de vous laisser.

Il s'éloigna un peu puis, avant de franchir la porte de la chambre, se retourna pour interpeller sa fille:

– Bérangère, je suis heureux de t'avoir accompagnée ici et d'avoir passé du temps avec toi et mes parents.

13

Gaston Saintorge traversa Boisset et ne croisa personne. La température avait tellement chuté que les habitants ne mettaient pas un pied dehors. Il fit un premier arrêt chez le restaurateur dont l'établissement faisait face à la gare. Son auberge avait prospéré depuis les récents travaux d'aménagement qui avaient fait passer par le village la ligne de chemin de fer Capdenac-Aurillac. Gaston s'arrêta une seconde fois chez les Bayerols, les parents de Martin. Il frappa à leur porte et se retrouva face à la mère du jeune homme, seule à cette heure-là.

– Bonjour, je suis Gaston Saintorge, le père de Bérangère.

– Bonjour, murmura-t-elle, gagnée par la crainte que cette visite ne soit de mauvais augure. Entrez donc, l'hiver est si froid.

– Merci de me recevoir, je ne vous dérangerai pas longtemps.

– Qu'est-ce qui vous amène ? Votre fille va bien ?

– Elle va bien, oui. Et vous, avez-vous des nouvelles de Martin ?

– Oh que non ! Il nous a astreints aux mêmes restrictions que Bérangère : pas de nouvelles pendant deux ans !

– C'est bien ce que m'a dit ma fille.

– Elle s'ennuie, elle aussi ?

– Oui, je l'ai accompagnée aux Églantiers hier. Je repars seul à Paris. Je passais simplement vous saluer.

– Donnez le bonjour à vos parents et à votre fille. Nous l'aimons beaucoup, nous aussi, elle qui se plaît tant à Boisset.

– Merci beaucoup, madame Bayerols, je leur transmettrai.

Gaston repartit sans la moindre information concernant Martin. Il n'eut pas non plus le courage d'annoncer à Mme Bayerols la grossesse de Bérangère. Mais était-ce à lui de le faire ? Cette visite avait continué d'inquiéter la mère de Martin. Bérangère aux Églantiers ! Et en plein hiver ! Que se passait-il ? Elle tâcherait d'en savoir plus. Dans les villages, les nouvelles allaient parfois plus vite que le vent.

Aux Églantiers, Gaston trouva Bérangère et Hortense en train de papoter autour de la table. Son père était assis près du feu.

– Alors, mon fils, tu repars déjà pour Paris ?

– Je ne peux pas m'absenter trop longtemps de l'Assiette Ronde. Il y a toujours quelque chose à régler.

Eugène ne voulut pas contrarier son fils mais ne put s'empêcher d'ajouter :

– Juliette te remplace, non ? Ce n'est pas comme si ton établissement se retrouvait sans personne à sa tête.

Gaston s'approcha de lui. Il fit mine de lui glisser quelques mots à l'oreille mais parla cependant assez fort pour que tout le monde entende.

– Pour un court remplacement, ça va, mais pas davantage.

– Papa ! s'écria Bérangère. Qu'est-ce que tu insinues ?

– Oh, ça va, c'est pour rire ! Bon, papa, maman, je vous confie ma fille et bientôt mon petit-fils ou ma petite-fille.

– Ce sera un garçon, pour sûr, affirma Eugène.

– As-tu bien vérifié qu'il ne te manque rien, Bérangère ?

– S'il manque quelque chose, grand-mère y pourvoira. N'est-ce pas grand-mère ?

– Tu n'auras même pas besoin de me demander, je le devinerai.

– Je dois parler un moment avec ma fille, seul à seul, si vous le permettez ?

– Bien sûr, répondit Hortense.

Ils s'isolèrent à nouveau dans la chambre. Gaston révéla à Bérangère le détour qu'il avait fait lors de sa balade.

– Tout à l'heure, je suis passé voir Mme Bayerols. Rassure-toi, je ne lui ai pas annoncé ta grossesse. Je voulais simplement savoir si elle avait des nouvelles de Martin.

– Et alors ? demanda Bérangère, impatiente.

– Elle n'en a pas plus que toi. Elle semble n'avoir toujours pas digéré son choix de couper tout contact avec ses proches durant son compagnonnage. Bérangère, tu es sûre qu'il ne s'est pas volatilisé pour toujours ?

– Certaine ! Martin est parti pour apprendre un métier qui le passionne, pour devenir un charpentier d'exception qui pourra subvenir aux besoins de notre famille !

– Ah, si au moins vous aviez attendu pour... Enfin, je veux dire...

– Papa, je l'admets, nous n'avons pas été très sérieux. Mais l'enfant que j'attends est de lui, aucun autre homme ne m'a jamais touchée et ne me touchera jamais. Ce petit ange portera le nom de Bayerols et sera élevé par son père, tu verras !

– J'admire ton optimisme et j'ai confiance en toi, ma fille. Peut-être Martin pourra-t-il trouver du travail à Paris ? Qu'en penses-tu ?

– Je ne veux pas vivre à Paris, papa. Désolée, je croyais que tu l'avais déjà compris.

– Je le craignais, oui. Bon, en tout cas, il faudra bien qu'un jour tu annonces ta grossesse à Mme Bayerols.

– Oui, tu as raison, mais rien ne presse.

– Tu me promets que tu prendras soin de toi ?

– Ne t'inquiète pas, papa. Être ici me donne des forces. Et puis, c'était tellement bon de voir les quatre Saintorge réunis aux Églantiers. Il ne manquait que maman mais je crois que je ne suis pas près de la revoir ici.

Gaston conserva le silence. Il quitta Boisset l'après-midi même sans avoir confié à sa fille qu'il avait remboursé sa dette auprès de ses parents. Il jeta un dernier coup d'œil au restaurant de la gare ainsi qu'aux paysages familiers avec lesquels il avait renoué.

Bérangère et sa grand-mère préparèrent les châtaignes promises. Chez les Saintorge, on avait l'habitude de les cuire à l'eau. Une fois égouttées, il suffisait de les glisser entre ses dents et de les serrer fort pour en aspirer toute la substance. On appelait ces châtaignes des « têtous » puisqu'on pouvait presque les téter. C'est ainsi qu'on les consommait dans les campagnes même si, depuis quelques années, certains s'étaient mis à les cuire à la poêle. Comme à Paris, où l'on vendait des marrons grillés dans la rue. Les marchands les entassaient dans des cornets de papier. L'hiver, ils réchauffaient les corps et noircissaient les mains.

– J'ai aussi préparé une salade de pissenlits au lard, annonça Hortense. Tu ne dois pas manger souvent de ça, à Paris !

Aux Églantiers, la vie à trois reprenait son cours comme chaque été. Sauf que tout était recouvert de blanc et que Martin n'était pas là. Au bout de quelques jours, Bérangère raconta à Hortense que son père avait rendu visite à Maria Bayerols.

– Papa a du mal à comprendre pourquoi Martin a décidé de nous priver de nouvelles.

– Ils en ont eu, eux ?

– Pas plus que moi, dit Bérangère, en posant ses mains sur son ventre.

– Ça ne tardera pas à se savoir, ma chérie. Sois tranquille, c'est arrivé à d'autres. Tôt ou tard, il faudra bien le dire à Maria. Si tu veux je peux y aller.

– Après tout, tu as raison, la famille de Martin sait que nous sommes fiancés. Mieux vaut peut-être les prévenir avant que la rumeur ne vienne à eux.

– J'en suis sûre, ma chérie. J'irai la voir ! Entre femmes d'ici, nous nous comprendrons.

– Merci, grand-mère ! Merci !

À Paris, Juliette accueillit Gaston avec des questions.

– Alors, tu as réglé tes dettes ? Cette rentrée d'argent a dû leur faire plaisir…

– Cesse donc avec ta médisance ! Ils ne m'ont rien réclamé, ils m'ont même demandé si j'étais sûr de ne pas avoir encore besoin de cet argent.

– Et Bérangère ?

– Elle n'est pas au courant, elle dormait lorsque j'en ai discuté avec eux.

– Ce sont eux qui lui en avaient parlé ?

– Ils m'ont juré que non !

– C'est quand même étrange, où a-t-elle bien pu entendre parler de nos dettes ?

– C'est un mystère mais l'affaire est close.

Le ton péremptoire de Gaston vexa Juliette. Elle tourna les talons et regagna sa place derrière le comptoir pour s'occuper des clients. Il en profita pour vérifier les comptes et s'assurer que la brasserie avait tourné comme il fallait pendant son absence. Puis il fit tout de même l'effort de remercier sa femme.

– Les chiffres sont bons, dis-moi ! Merci, Juliette !

Sa femme fit la sourde oreille.

Les jours défilèrent et les époux Saintorge ne parlèrent plus de Bérangère ni de sa grossesse. D'ailleurs, ils ne communiquaient quasi plus. Dès qu'elle le pouvait, Juliette s'absentait du restaurant pour assister à ses réunions de bienfaisance ou pour rendre visite aux autres survivants de l'incendie qu'elle avait fini par accepter de revoir. C'est du moins ce qu'elle prétextait. Ces absences laissaient Gaston perplexe. Il lui demanda à plusieurs reprises d'y aller moins souvent mais Juliette n'en tint pas compte.

– Je m'ennuie ici, finit-elle par lui renvoyer. Rien ne m'empêchera de me rendre où je veux et autant de fois que je le souhaite !

– Mais que veux-tu, enfin ?

– Ce que tu ne peux me donner !

Leur couple tanguait, Gaston s'en rendait bien compte. Le départ de Bérangère, sa grossesse surtout, avaient bousculé un équilibre déjà fragile entre les deux époux. Il pensait beaucoup à sa fille réfugiée là-bas, aux Églantiers. Il peinait de plus en plus à affronter les questions des clients habitués à Bérangère, qui voulaient savoir où elle avait bien pu disparaître. Il ne parvenait plus à leur répondre avec sa bonhomie habituelle, il esquivait comme il pouvait et n'hésitait pas à être désagréable.

À Boisset, en février, des records de température avaient été battus. Eugène et Hortense s'inquiétaient pour Bérangère. Ils essayaient de se remémorer quand il avait fait aussi froid pour la dernière fois. Ici, ce n'était pas comme à Paris, le froid venait avec un vent glacial, de la bise et du givre. Dehors, les sentiers se transformaient en petits cours d'eau boueux dès que la neige fondait et les talus de terre avaient l'air de pyramides de gel brunes. La maison était bien chauffée mais les grands-parents passaient leur temps à vouloir ajouter des vêtements et des couvertures sur le dos de leur petite-fille enceinte de sept mois. Bérangère ne pouvait pas s'empêcher de sortir prendre l'air pour se dégourdir les jambes, des jambes qui luttaient pour soutenir le poids d'un ventre qui grossissait encore.

Ce fut vers la fin du mois qu'Hortense se rendit chez les Bayerols. Entre les deux habitations, le chemin n'était pas si long mais elle dut faire attention à chacun de ses pas pour ne pas glisser, ce qui allongea son temps de trajet. Maria était seule, comme lorsque Gaston était venu. Lorsqu'elle aperçut Hortense, elle se précipita vers elle.

– Qu'est-ce qui peut bien vous pousser à braver ce froid ? Il est arrivé quelque chose à Bérangère ? Votre fils m'a dit qu'elle était là.

– Elle va bien mais j'ai quelque chose à vous dire.

– Elle ne veut plus de Martin, c'est ça ?

– Bérangère attend un enfant.

– *Boun Diou !* s'exclama Maria en patois. Mais comment est-ce possible ? Vous êtes sûre que c'est Martin qui…

– Bien sûr que j'en suis sûre, ma petite-fille n'a connu aucun autre homme.

La mère de Martin se rejoua dans sa tête le film de l'été précédent. Elle chercha à comprendre ce qu'elle avait manqué.

– « Nous sommes fiancés », voilà ce qu'ils nous ont dit. Je ne pensais pas qu'ils avaient été jusque-là. Martin n'a rien laissé paraître.

Elle prit soudainement un air sceptique, puis ajouta :

– C'est prévu pour quand ?

– Pour la mi-avril, cela a dû se faire juste avant le départ de votre fils.

– Et comment va-t-elle ?

– Si vous veniez lui demander vous-même ? Cela lui ferait plaisir. Elle a quitté Paris pour venir accoucher ici. Elle voulait que son petit naisse aux Églantiers, comme elle, et non loin de là où Martin a grandi.

– *Boun Diou !* Ce n'est pas une histoire ordinaire !

– Je vous laisse y songer. J'espère vous voir aux Églantiers un de ces jours prochains. Nous serions vraiment tous ravis de votre visite.

– Merci de me l'avoir dit, merci de votre courage. Couvrez-vous bien pour rentrer, ne prenez pas froid.

14

Des rumeurs commencèrent à circuler dans le village sur la grossesse de Bérangère. Pour la plupart de ceux qui les colportaient, il ne faisait aucun doute que Martin était le père de cet enfant. D'autres, mauvaises langues, racontaient qu'ils avaient aperçu Bérangère, l'été précédent, en train de discuter avec un inconnu près de la grange du grand pré.

Dans les premiers jours de mars, une silhouette habillée de noir, chapeautée comme les femmes des campagnes, se dirigea d'un pas décidé vers la maison des Saintorge. La température s'était adoucie. On attendait la venue du printemps et de ses giboulées. Les cloches de l'église sonnèrent quinze heures lorsque Maria Bayerols déclencha les aboiements de Gardy. Bérangère vint ouvrir. Elle ne sut pas comment réagir face à la mère de Martin qui paraissait obnubilée par son ventre.

– Entrez, entrez, quelle bonne surprise !

– Je n'ai fait que remettre ma visite au lendemain, je suis désolée. J'espère ne pas trop déranger.

– Pas le moins du monde, dit Eugène. Asseyez-vous !

Puis, sans doute pour laisser les trois femmes discuter entre elles, il s'éclipsa pour sa sieste. Les premiers mots de Bérangère pour Maria furent les mêmes que ceux de son père, quelques semaines auparavant :

– Auriez-vous des nouvelles de Martin ?

– Toujours pas, ma pauvre. Et toi, comment vas-tu ?

– J'attends la naissance du petit. Comme vous le voyez, il commence à prendre de la place.

Elle entoura son ventre de ses deux bras comme si elle voulait le protéger de son corps tout entier.

– Martin ne nous avait pas expliqué que votre relation était, comment dire, si avancée, lâcha Maria, reprenant le même air sceptique qu'elle avait affiché face à Hortense.

Bérangère rougit, ne sachant que répondre.

– Pour être tout à fait honnête avec toi, j'ai encore quelques doutes. Comment puis-je être sûre que mon fils soit le père de cet enfant ?

– Que puis-je faire de plus pour que vous me croyiez ?

– Des pêcheurs t'auraient vu en compagnie d'un homme du côté de la grange, l'été dernier.

– Mais cet homme, c'était Martin ! Il faut me croire ! Nous passions tous nos après-midi là-bas, comme lorsque nous étions plus jeunes.

– De toute manière, si mon fils reconnaît cet enfant, nous nous en occuperons avec plaisir.

– Madame Bayerols, s'il vous plaît, pourriez-vous demander à Jeanne de passer me voir ? Cela me ferait tant plaisir.

– Quand je lui ferai part de ta demande, elle accourra immédiatement, j'en suis convaincue.

La discussion se détendit.

Hortense était restée volontairement en retrait, laissant Maria et sa petite-fille discuter.

– Et ce bébé alors, comment vas-tu l'appeler?

– Je ne sais pas encore si ce sera une fille ou un garçon mais, quand nous en parlons avec mes grands-parents, j'ai déjà tendance à l'appeler mon petit Bayerols.

Maria ne put retenir ses larmes.

Sur le chemin du retour, elle se demanda comment elle allait parler à son mari de la grossesse de Bérangère. Certes, Germain Bayerols appréciait la jeune fille, il avait à plusieurs reprises fait des compliments sur elle. Mais allait-il digérer sans heurts la nouvelle? Que penserait-il des rumeurs qui circulaient? Le soir même, elle profita de la fin du repas pour se lancer.

– Il faut que je te parle de quelque chose, Germain. Toi aussi, Jeanne.

– Ça ne pourrait pas attendre demain? demanda son mari. Je suis fatigué.

– Je ne peux plus garder cela pour moi plus longtemps.

– C'est si important que ça?

– Je me suis rendue chez les Saintorge. Bérangère est aux Églantiers depuis fin janvier.

– Ah bon! Et sais-tu pourquoi?

– Bien sûr, je le sais depuis quelques jours.

– Moi aussi, je sais, dit Jeanne.

– Mais enfin, pourquoi tant de mystères? Qu'est-ce que tout cela veut dire?

– Ça veut dire qu'elle est « grosse », voilà! s'exclama Jeanne.

Germain Bayerols remonta ses coudes sur la table. Il joignit ses mains l'une à l'autre devant sa bouche et fixa sa femme, puis attendit la suite. Ce fut à nouveau Jeanne qui brisa le silence, avec une arrogance que ses parents ne lui connaissaient pas. Les on-dit étaient visiblement parvenus jusqu'à elle.

– Quand Martin est parti pour son tour de France, elle est allée avec d'autres garçons. Résultat, elle est grosse et elle est venue se cacher dans notre village.

Germain s'adressa à sa femme :

– As-tu discuté avec la petite ? Est-elle honteuse ?

– Mais pas du tout !

– Tu vois, papa, elle n'a même pas honte de son état ! J'étais loin d'imaginer qu'elle était si mauvaise.

– Jeanne, veux-tu bien te taire, s'il te plaît ? Maria, dis-moi ce qu'il se passe.

– Il se passe que Bérangère attend un enfant de Martin ! Et que, de la même manière qu'il l'a fait avec nous, il a refusé à Bérangère toute correspondance pendant son tour de France. Elle n'a donc aucun moyen de le prévenir.

– Et ce petit, il doit naître quand ?

– Mi-avril.

– Et Martin qui ne rentre qu'en juillet de l'an prochain !

Germain poussa un long soupir, puis reprit :

– Si cet enfant est bien celui de Martin, il est de notre famille.

– Mais nous n'en savons rien, réagit Jeanne.

– Et toi, qu'en sais-tu ? Juste ce que t'en ont dit des idiots ? À partir d'aujourd'hui, tu vas faire attention à ton langage. Que je ne t'entende plus parler comme tu l'as fait. Si Bérangère est ici, c'est qu'elle est malheureuse. Que pensera-t-elle de toi si un jour elle devient ta belle-sœur et qu'elle apprend ce que tu racontais sur elle ? Réfléchis bien à tout cela, ma fille.

Cette nuit-là, Maria s'endormit délivrée de son secret et soulagée par la réaction de son mari. De l'autre côté du village, Eugène se retournait dans son lit sans trouver le sommeil. Il ne voulait rien en laisser paraître mais il se faisait du souci pour sa petite-fille. Allait-elle devoir élever cet enfant toute seule, à seulement dix-huit ans ? Il avait pourtant confiance en Martin, c'était un bon garçon. De son voyage, il allait revenir charpentier confirmé et bien s'occuper de Bérangère. Enfoncé dans une sorte de somnolence, il s'entendit prononcer : « Je t'attends, Martin. Bérangère aussi, encore plus que moi ! » Cela réveilla Hortense.

– Tu parles tout seul maintenant ?

– Je crois que je parlais à Martin dans mon rêve.

– Allez, rendors-toi, il est presque une heure du matin.

Au début du mois d'avril, l'arrivée du petit Bayerols se précisait. Bérangère était partagée entre l'angoisse de l'accouchement et l'impatience de voir à quoi le bébé ressemblerait. Elle parvenait encore à se déplacer et aidait ses grands-parents du mieux qu'elle pouvait. Eugène se moquait d'elle avec affection, en imitant sa démarche encombrée par son ventre. Un matin, alors que Bérangère lui tenait compagnie pendant qu'il désherbait une parcelle, elle aperçut Jeanne au bout du chemin.

– C'est la sœur de Martin ! s'exclama-t-elle.

Elles se sourirent d'abord de loin, sans trop oser s'approcher, puis Jeanne fit le premier pas.

– Maman m'a dit que tu étais là et que tu voulais que je vienne te voir.

– Oui, viens, allons nous asseoir. Martin serait heureux de te savoir là, aux Églantiers.

Jeanne n'était arrivée que depuis quelques secondes et déjà le prénom de Martin avait été prononcé.

– C'est pour bientôt, Bérangère ?

– Oui, pour dans quelques jours. Ce sera un bélier. Un ou une, qui sait ?

– Il me faut être franche avec toi. Je ne me suis pas comportée comme il le fallait, je me suis laissé entraîner par les rumeurs. J'ai raconté des bêtises à ton sujet. J'espère que tu voudras bien me pardonner.

Jeanne avala sa salive et attendit, anxieuse, la réaction de Bérangère.

– L'absence de ton frère entretient les doutes des uns et des autres, les gens parlent, c'est normal. Je ne t'en veux pas, Jeanne. Tout ce qui compte pour moi c'est que tu sois là aujourd'hui, que tu me fasses confiance et que tu sois prête à t'occuper de ton neveu ou de ta nièce.

– J'ai honte de n'être pas venue plus tôt.

Bérangère prit les mains de Jeanne dans les siennes avec une extrême délicatesse, comme on le ferait pour secourir un oiseau blessé. Jeanne eut bien du mal à ne pas pleurer. Face à cette future maman, son aînée de plusieurs années, elle prit enfin conscience de ce qui les attendait : l'arrivée d'un nouveau-né dans la famille.

– N'en parlons plus, Jeanne. Je voulais même te demander quelque chose. Tu sais, je me sens parfois seule ici, malgré tout l'amour que me portent mes grands-parents. Je veux que mon enfant soit entouré, d'autant plus qu'il ne verra pas son père avant au moins un an. Alors, je voulais savoir, accepterais-tu d'être la marraine de mon petit Bayerols ?

Jeanne fut submergée par l'émotion. Elle resta muette, incapable d'émettre le moindre son. La bienveillance de Bérangère à son égard la paralysait. L'intensité de leur échange augmenta d'un cran lorsque Bérangère guida les mains de Jeanne vers son ventre.

– Le sens-tu bouger ? Dans quelques jours, tu pourras le prendre dans tes bras.

Bérangère avait conquis Jeanne. Celle-ci la regardait avec des yeux humides et tendres.

– Je n'ai jamais rien vécu de pareil. Sentir qu'une nouvelle vie va sortir de toi me bouleverse. J'ai à la fois envie de rire et de pleurer mais je ne sais pas par quoi commencer.

– Il faut parfois peu de choses pour bouleverser une vie. Martin a bouleversé la mienne et j'espère de tout mon cœur que ce n'est qu'un début.

Jeanne s'approcha de Bérangère qui la prit dans ses bras. À l'oreille de la future maman, la sœur de Martin murmura :

– Ce sera un honneur d'être la marraine de ce petit Bayerols.

À la cave des Églantiers, Hortense retrouva le berceau qui avait servi lors de la naissance de Bérangère.

Elle le remit en état et alla même jusqu'à le lustrer avec de la cire d'abeille.

– Grand-mère, j'aurais pu lui en acheter un tout neuf, protesta Bérangère.

– Mais non, lorsqu'on peut économiser, pourquoi s'en priver? Et puis c'est une tradition, ici, de réutiliser les berceaux. Je crois même qu'il avait déjà servi pour ton père. Ah, Bérangère, nous sommes si heureux que ce petit vienne au monde aux Églantiers. J'espère juste que tes parents prendront la peine de venir, que nous soyons tous réunis pour cet évènement.

– Je leur écrirai le jour même, si je peux. J'ai déjà préparé l'enveloppe.

– Il faudra prévenir la Ganelou dès les premières contractions.

– J'ai un peu peur d'elle, tu sais. J'ai entendu que certains l'appelaient « la sorcière ».

– Nous n'avons qu'elle dans le village. Mais ne t'inquiète pas, le médecin viendra aussi le plus vite possible.

Cela rassura Bérangère.

Le berceau était prêt, garni de couvertures. Maria Bayerols fit également apporter par sa fille un cadeau pour le bébé.

– Ma mère a tricoté des chaussons et une brassière blanche. Comme ça, que ce soit un garçon ou une fille, ça pourra servir!

– Tu la remercieras de ma part! Nous vous préviendrons dès que le petit Bayerols sera né!

– Si seulement Martin était là! Je prie tous les jours pour qu'il apparaisse!

– Merci Jeanne ! En attendant son père, mon bébé pourra compter sur la meilleure des marraines.

Alors qu'elle s'apprêtait à prendre congé, Bérangère retint Jeanne par le bras.

– Que penses-tu de la Ganelou, toi ?

Devinant ses craintes, la sœur de Martin lui répondit :

– C'est elle qui aide la plupart des femmes à accoucher ici et, quand le médecin arrive, il n'a plus qu'à finir le travail. Tout va bien se passer Bérangère, sois tranquille.

15

Martin avait quitté Murat pour Mauriac à la fin du mois de février. Jean Desplanne, un autre maître charpentier, l'avait débauché après avoir entendu parler de l'excellent travail qu'il avait réalisé chez Forestal. Ce dernier accepta le départ du jeune homme non sans un pincement au cœur. Il dit à Martin qu'il avait un bel avenir devant lui et lui fit promettre de ne jamais oublier les conseils d'Adrien, qui était lui aussi très touché de le voir partir.

Son nouveau patron le présenta à sa femme Marie-Louise ainsi qu'à ses filles, Caroline et Ginette, âgées respectivement de dix-huit et dix-sept ans. Martin les trouva superbes. Elles le dévisagèrent mais il ne parvint pas à interpréter leur regard. Étaient-elles attirées par lui ou bien indifférentes ? Il ne chercha pas à savoir, son cœur était pris. On lui montra sa chambre, propre et pourvue d'un lit correct, d'une petite table et d'une armoire à glace. Il n'avait jamais été aussi bien logé.

– Nous avons assez de travail à Mauriac même et ses alentours, tu logeras donc souvent ici, lui expliqua Jean Desplanne. Tu prendras tes petits déjeuners et tes repas du midi avec nous, sauf si une urgence t'en empêche. Le soir, tu te débrouilleras. Sur la table de chevet, tu trouveras un contrat avec les conditions d'embauche, j'espère qu'il te conviendra. Ici comme ailleurs, le travail doit être parfait. Mais je ne me fais aucune inquiétude, tu as bonne réputation.

– Merci, monsieur.

– Connais-tu un peu Mauriac ?

– Non, je n'y suis jamais venu. Pour tout vous dire, avant de me lancer dans ce compagnonnage, je ne m'étais guère éloigné de mon village. Je n'en ai jamais eu l'occasion ni les moyens.

– Je vois, répondit son patron. Tu verras que la ville est très belle. Des bâtiments superbes et anciens, avec des toitures magnifiques, voilà surtout ce qui nous concerne.

– Oui, j'ai déjà remarqué en arrivant. Ça me change des granges et des fermes. Ici, c'est une ville de pierres.

– C'est le mot qui convient !

Martin comprit qu'ici il allait apprendre de nouvelles techniques, parfaire son savoir-faire. Saurait-il s'y prendre ? Des doutes le gagnèrent. Au dîner, Marie-Louise Desplanne vint involontairement les atténuer :

– Mon mari m'a parlé de vous, Martin. Il ne se fait aucun souci pour votre adaptation parmi nous. Il connaît votre travail et votre sérieux.

Les deux filles des Desplanne ne le lâchaient toujours pas des yeux. Leur insistance le mit mal à l'aise puis il finit par se dire qu'elles étaient peut-être un peu dérangées. Il se restaura, ne leur prêta plus attention et écouta Desplanne raconter ses chantiers, comme le faisaient tous les artisans. Il regagna sa chambre dès la fin du repas.

– À demain, sept heures, pour le petit déjeuner, lui dit son patron.

Le lendemain, il se prépara puis se rendit à l'atelier. Des stocks de matières premières étaient entreposés à côté de belles machines à bois. Au milieu de la salle, derrière des vitres, il y avait le bureau du patron, occupé à vérifier des plans.

– Entre, Martin. C'est ici qu'on valide les projets. On discute des particularités des chantiers, on fait des mises au point.

Martin fut intrigué par une maquette de charpente.

– Voilà le travail qu'a réalisé l'un de nos ouvriers, récemment certifié compagnon. Il travaille toujours avec nous.

– C'est très beau !

– J'espère que toi aussi, à la fin de ton contrat, tu auras réalisé une œuvre comme celle-ci, dont tu seras fier.

Desplanne ne croyait pas si bien dire, Martin avait déjà plein d'idées en tête. On le présenta aux trois autres ouvriers de l'entreprise, trois hommes robustes, dont la poignée de main trahissait la force. Ils rénovaient actuellement la charpente d'une maison de maître, un édifice imposant recouvert d'ardoise. Le toit comportait également trois chiens-assis. Ce genre de chantier nécessitait un permis de restauration délivré par la mairie de Mauriac. Desplanne ainsi qu'une entreprise de couverture l'avaient obtenu.

– Tu iras travailler avec eux, Martin. Ton chef sera Auguste, précisa son patron, en désignant le plus âgé des trois. Le chantier nous demandera environ quatre mois de travail, puis viendra le tour des couvreurs. Tu pourras aussi être envoyé en renfort sur d'autres chantiers, si besoin.

– As-tu un nom de compagnon ? l'interrogea Auguste.

– Oui, Martin Liberté !

– Dis donc, ça en impose ! C'est pas facile à porter, ça !

Tous lui lancèrent un sourire amical qui valait comme une première acceptation au sein du groupe.

Ainsi débuta la nouvelle étape du compagnonnage de Martin, à Mauriac, cité de pierres et de belles constructions. Auguste lui expliqua qu'ils devaient ce chantier magnifique à la renommée de leur patron dans la région. Le client avait voulu que Desplanne, et personne d'autre, s'occupe de sa maison de maître.

– Justement, je me demandais, où vont-ils vivre les propriétaires pendant ces longs travaux ? questionna Martin.

– Oh, ne t'inquiète pas pour eux, ce ne sont pas de pauvres gens. Ils vivent une partie de l'année à Cannes, au bord de la Méditerranée, où leurs enfants sont commerçants. Ils ont acheté ce bien il y a un an et décidé de le retaper, si l'on peut dire. Une aubaine pour nous autres.

Martin aurait bien voulu se livrer davantage à Auguste. Il lui inspirait confiance. Il cherchait son nouvel Adrien. Le jeune homme préféra se retenir. Ses deux autres collègues, Maurice et Gabriel, semblaient plus farouches. Voyaient-ils en Martin un concurrent ?

Dans le grand hangar, on préparait les poutres, les chevrons, les panes, les voliges et les planches. Il fallait que tout le matériel soit prêt rapidement.

– Quel chantier! s'émerveilla Martin, qui n'avait jamais vu autant d'effervescence autour de morceaux de bois.

– T'as vu ça, réagit Maurice. Là, on en a pour jusqu'à cet été. Il va falloir que tu te trouves une copine pour passer le temps.

– Je veux me donner à fond dans mon travail, c'est ma priorité.

– L'un n'empêche pas l'autre, mon gars!

Martin songea à Bérangère. Il se demandait de plus en plus si ce tour de France n'avait pas gâché sa relation. Si, à l'heure qu'il était, il n'avait déjà pas perdu sa fiancée, réfugiée dans les bras d'un autre, à Paris. Une si longue séparation, tout de même! Il y avait peu de chance qu'elle laissât leur amour intact. Il ressentit une envie folle de lui écrire. Peut-être allait-il le faire. Ou alors juste un signe de vie, un objet, une photo? Non, il ne pouvait pas revenir sur sa décision, il avait trop d'orgueil.

Son premier mois de travail se déroula sans embûche. Un soir, au cours du repas, Caroline, qui s'était révélée finalement aussi saine d'esprit que lui, lui fit savoir qu'il y aurait bientôt un bal de quartier et qu'elle apprécierait qu'ils s'y retrouvent. Martin ne voulut pas être impoli avec la fille de son employeur. Il accepta, se disant que cette virée lui changerait les idées, lui ferait rencontrer du monde. À Mauriac, il ne connaissait personne à part les clients réguliers du bistrot où il dînait presque tous les soirs, dont quelques tailleurs de pierre aux mains aussi rugueuses que le granit du pays.

Le lieu où se déroulait le bal n'était pas plus vaste qu'une salle à manger. Un orchestre composé de trois musiciens se produisait sur une estrade. Les gens étaient serrés les uns contre les autres. L'accordéoniste choisissait les morceaux, le public ne réclamait rien. Le zinc retenait ceux qui ne voulaient pas danser ou qui ne savaient pas. On y levait le coude, on y chahutait en regardant les autres se déhancher.

Martin attendait là lorsqu'il vit entrer Caroline. Elle fit tourner la tête de tous les garçons. Elle se dirigea vers Martin, lui sourit et l'entraîna sur la piste improvisée. Il se laissa aller et s'excusa pour ses piètres qualités de danseur.

– Je ne suis pas très doué pour ça, faut m'excuser, Caroline.

– Je vais t'apprendre, ne t'inquiète pas!

Caroline enseigna quelques pas à son cavalier puis Martin la conduisit vers le bar pour lui offrir un verre. Une chaleur moite envahissait la pièce. Au rythme des valses, Caroline se faisait de plus en plus langoureuse. Leurs bouches finirent par se trouver. Étourdi par l'ambiance, le bruit, la fumée, l'alcool et la musique, Martin ne parvenait pas à s'opposer aux avances de la jeune femme qui se collait à lui avec détermination.

Martin lui demanda si ses parents avaient l'habitude de la laisser sortir si tard.

– J'ai des consignes à respecter! Je dois rentrer à onze heures précises, sinon finies les permissions de soirées! C'est aussi simple que ça!

– Tu as de la chance, dans bien des familles, les bals sont interdits aux filles de ton âge.

– Viens, allons dehors, nous serons mieux pour nous embrasser, j'en ai tellement envie.

Martin s'en voulait déjà. Il se trouva bête. Bête de s'être laissé emporter par Caroline. Bête de s'en vouloir. Après tout, personne n'allait le conduire en enfer pour avoir embrassé cette jeune femme. Cela ne changeait rien à ses sentiments pour Bérangère. Pendant trois quarts d'heure, Caroline et Martin usèrent leurs bouches et maîtrisèrent leurs corps. Ils ne se firent aucune promesse. Ils savaient qu'ils allaient avoir l'occasion de se revoir.

À onze heures trente précise, Caroline poussa la porte de chez elle et Martin s'en retourna dans son logis, l'esprit encore rempli d'images de leurs baisers, de la douceur des mains de Caroline. Il allait avoir du mal à s'endormir, meurtri d'avoir fait une infidélité à Bérangère.

16

Le lendemain, Martin retrouva les Desplanne au petit déjeuner. Il fut rassuré de constater que Caroline se comportait comme d'habitude. Pour lui, il était inenvisageable que leur batifolage de la veille ait une suite. À la fin du repas, Caroline tenta de parler à Martin mais il lui fit comprendre qu'il était pressé, on l'attendait à l'atelier. Toute la journée il se concentra sur son travail, s'efforçant de chasser les images de la veille qui venaient le hanter.

Le soir, alors qu'il rentrait chez lui à la tombée de la nuit, il croisa des jeunes gens qui lui barrèrent la route. Martin les connaissait. Ils dînaient tous les soirs au même endroit que lui et ils étaient présents la veille, au bal.

– Tu te promènes sans ta canne de défense, compagnon ?

– Il n'y a rien à craindre, par ici, à moins que vous me vouliez du mal ?

– Tu m'as humilié hier soir, intervint un certain Jules.

– Comment ça ? Explique-moi.

– Tu as dansé toute la soirée avec Caroline. Tu savais que c'était ma copine ? Personne n'a le droit d'y toucher.

– Mais je n'en savais rien du tout!

– C'est étrange, il n'y a que toi qui sembles l'ignorer. Du coup, il va falloir te battre, c'est ainsi, c'est la tradition. Nous le ferons à armes égales, bien entendu, entre compagnons. De quelle loge es-tu?

– Je n'appartiens à aucune loge, vous le savez. Nous en avons déjà discuté.

– Je te propose un affrontement avec notre canne pour seule arme. Elle est faite pour se défendre, n'est-ce pas?

– Mais c'est ridicule!

– C'est à prendre ou à laisser! Si tu refuses le combat, ton honneur de compagnon sera souillé pour ta vie entière. Alors? Décide-toi sur-le-champ!

– C'est entendu! dit Martin, acculé. Ce combat sera aisé pour toi, je ne me suis jamais battu.

– Il faut bien une première fois! J'aurai deux témoins, tu peux en avoir deux également. Rendez-vous demain, neuf heures du soir, au bas de la ville, à l'orée de la forêt.

– Compte sur moi!

Ils s'éloignèrent en rigolant, sûrs de leur coup.

C'était la première fois que Martin se retrouvait engagé malgré lui dans un conflit, la première fois qu'il allait devoir se bagarrer. Il n'avait pas peur mais il trouvait cela injuste. Était-il tombé dans un piège tendu par Caroline? Allait-il être obligé de se battre comme un chiffonnier pour une fille qu'il ne désirait même pas? Il n'eut pas d'autre choix que de se confier aux deux plus jeunes de ses collègues. Il lui fallait des témoins.

– Nous avons déjà connu ça, c'est courant. Ne t'inquiète pas, nous t'accompagnerons et ferons respecter les règles. Toi, tu n'auras qu'à manier ta canne comme il se doit!

Ils donnèrent à Martin des conseils pratiques. Ils lui expliquèrent comment encaisser les coups, comment bien les donner. Ils lui parlèrent de son adversaire qu'ils connaissaient aussi et qu'on surnommait à Mauriac le « gros Jules ». Un garçon grossier et violent, dont les qualités d'ouvrier lui avaient fait éviter la prison à de nombreuses reprises. Il était plus puissant physiquement que Martin mais sans doute moins agile. Il allait devoir profiter de cette faiblesse.

Chez les Desplanne, le déjeuner se déroula sans qu'aucun signe du futur affrontement ne parût. Caroline savait-elle quelque chose? Certains combats entre compagnons avaient laissé des blessés sérieux, parfois des morts. Martin l'ignorait et c'était mieux ainsi. Il avait préparé sa canne de charpentier. C'était le bâton noueux sur lequel s'appuyaient les artisans pour aller de chantiers en chantiers. Et pour se défendre sur les routes, si besoin. Celle de Martin était dotée d'un pommeau sur lequel étaient gravés « M.L. », ses initiales de compagnon.

Flanqué de ses deux témoins, qui avaient déjà participé à d'autres règlements de compte, Martin arriva à l'heure dite au lieu du rendez-vous. Les autres étaient déjà là, entourant le gros Jules. Ils avaient encore leur air moqueur.

– Nous allons nous battre ici, lança Jules, jusqu'à ce que l'un d'entre nous pose un genou à terre en signe de capitulation. Sache que je ne me suis jamais agenouillé devant qui que ce soit !

Averti, Martin s'entretint avec ses deux compères :

– Sois très attentif à ses gestes. Il se déplace avec intelligence pour compenser sa lenteur.

– Je suis foutu, nom de Dieu ! Pourquoi suis-je tombé dans un tel piège ? Je ne me suis jamais servi de ma canne que pour écarter les serpents sur le chemin.

– Aujourd'hui, tu vas défendre ton honneur, ta dignité. Cela donne des forces insoupçonnables à un homme ! Nous sommes avec toi, Martin Liberté !

Le gros Jules porta les premiers coups. Les combattants ressentaient jusque dans leurs tripes le bruit sec des cannes se percutant. Martin esquiva plusieurs assauts mais trébucha. Il se releva comme un félin, sous les encouragements de ses témoins. Le gros Jules avait déjà levé très haut sa canne, pensant anéantir son adversaire. Le combat dura plus longtemps que prévu. Martin redoublait de courage et ses parades étaient si vives que son adversaire sembla de plus en plus désarçonné. Au cours d'une nouvelle attaque, la canne de Jules lui ouvrit tout de même le front, mais Martin ne s'avoua pas vaincu. À terre, il arma sa canne et faucha la jambe du gros Jules qui hurla de douleur et ne put se relever.

– Tu as gagné, Martin, tu as gagné, reconnut Jules.

Les témoins s'occupèrent des blessés. Jules avait le tibia fracturé. Ses acolytes l'emportèrent et disparurent. Martin avait l'arcade sourcilière ensanglantée. Le sang gouttait sur ses vêtements.

– Tu as une sacrée entaille. Il faut qu'on t'emmène chez le médecin, il va devoir te recoudre.

– Et le gros Jules ?

– Il est bon pour l'hôpital mais il s'en remettra, c'est un dur à cuire, celui-là.

– J'ai cru que je l'avais tué.

– Il faut toujours un gagnant et un perdant. Aujourd'hui, le vainqueur, c'est toi. Avec une belle cicatrice en guise de trophée !

Martin s'évanouit et se réveilla chez le médecin. Il le supplia :

– Docteur, faites ce qu'il faut, s'il vous plaît. Mais demain matin, à sept heures, je dois être d'attaque chez mon patron.

– Vous êtes un dur ! Mais votre blessure mérite bien quelques points, ce qui vous vaudra un joli bandage autour de la tête. Il faudra suivre mes prescriptions pour que cela guérisse au plus vite.

Martin s'adressa à un de ses collègues :

– Tu pourras me prêter une casquette, juste pour cacher le bandage ? Je vais être ridicule sinon.

– Il vaut mieux cela que de perdre la vie !

Martin arriva à l'atelier le lendemain aussi sérieux que les autres jours. Malgré ses efforts pour les dissimuler, ses bandages se voyaient et il ne put éviter les questions. Il raconta qu'il avait percuté un poteau en rentrant chez lui tard, la veille, en pleine pénombre. Tous acceptèrent sa version sans trop y croire, y compris Caroline. À l'écart des autres, elle entreprit de le cajoler mais il la repoussa. À la fin du repas, elle refit une tentative mais Martin lui expliqua que ce qui s'était passé le soir du bal était une erreur. Il ne lui avoua pas non plus les véritables circonstances de sa blessure. Elles devaient demeurer secrètes. C'était une histoire de compagnons.

Quelques jours plus tard, Martin rendit visite au gros Jules à l'hôpital. Une infirmière le conduisit à sa chambre. Jules était allongé, une jambe dans le plâtre relevée au-dessus de lui. Son œil se fit mauvais à la vue de Martin.

– Qu'est-ce que tu viens foutre ici ? Tu es bien culotté !

– Je suis venu prendre de tes nouvelles. Ce n'est pas interdit, que je sache ?

Face au silence du gros Jules, Martin poursuivit :

– Je ne voulais pas te blesser ainsi.

– Je n'ai pas vu venir ce coup-là. Je pensais avoir déjà gagné, je m'apprêtais à te faire très mal avec ma canne. J'aurais pu te tuer.

Il soupira, puis sourit :

– Tu es un drôle de mec, dis donc, mais ta visite me touche. Tu as l'esprit des compagnons. Approche que je te serre la main, Martin Liberté !

17

Tous les soirs, en se couchant, Bérangère se demandait où pouvait bien être Martin. L'espace de quelques secondes, elle lui en voulait à mort de ne pas être auprès d'elle. Parfois, elle imaginait le pire, sa disparition, son décès dans un accident de chantier. S'il lui arrivait malheur, qui la préviendrait ? Elle finissait par s'endormir, les cheveux collés sur son front mouillé de sueur. Il n'y avait qu'une chose qu'elle n'envisageait pas, c'était qu'il l'eût abandonnée. Il reviendrait, elle en était convaincue.

Ce fut en pleine matinée, vers onze heures, que Bérangère ressentit les premières contractions. Hortense somma Eugène de s'occuper d'elle et se précipita dehors pour prévenir le médecin. À son cabinet, on lui apprit qu'il avait été appelé pour un autre accouchement dans une ferme à plusieurs kilomètres du village. Elle n'eut pas d'autre choix que de laisser un message. Sur le retour, elle s'arrêta chez la Ganelou pour qu'elle l'accompagne au chevet de Bérangère. Quand elles arrivèrent aux Églantiers, le temps entre chaque contraction avait déjà diminué et Eugène commençait à paniquer. Elles prirent le relais. Hortense recommanda à son mari de sortir prendre l'air, d'aller au café et de revenir plus tard. À s'agiter dans tous les sens, il n'arrangeait rien à l'affaire. Il bougonna en revêtant son gilet puis disparut avec Gardy, un morceau de fromage et un quignon dans la poche.

Hortense pesta contre ce coup du sort. Deux accouchements en même temps, cela était si rare. Bérangère tentait de retrouver le sourire lors de chaque moment de répit. Elle se forçait pour tranquilliser Hortense mais, en réalité, elle était angoissée. Rien ne jouait en sa faveur, ni l'absence du médecin ni l'allure repoussante de la Ganelou qu'elle imaginait bien voler sur un balai, un grimoire sous le bras. Elle prit sur elle, se souvint des propos rassurants de Jeanne à l'égard de la sage-femme du village.

– Le médecin n'est pas près d'arriver, dit la Ganelou à Bérangère. Il s'est rendu loin d'ici. Mais sois tranquille, je suis là et j'ai vu naître des dizaines de petits.

– Les contractions me font de plus en plus mal, madame.

– Je préfère te prévenir, cela peut parfois durer des heures et des heures, surtout pour le premier. Tu vas devoir être patiente.

On entendit les premiers pleurs du bébé au milieu de l'après-midi. Comme Hortense le craignait, le médecin n'eut pas le temps d'arriver, mais la Ganelou géra parfaitement la situation. Après avoir coupé le cordon ombilical, elle déposa l'enfant sur la poitrine de sa mère.

– C'est une fille ! Une fille pour mon Martin !

– Doucement, ne la colle pas si fort contre toi, s'inquiéta Hortense, tu vas l'étouffer.

– Il faut bien que je l'aime pour deux ! Son papa n'est pas là, il ne sait même pas qu'elle est née.

Des larmes coulèrent le long de son visage encore rougi par la douleur.

– Quelle merveille tu nous as faite là, ma petite-fille. Je suis si heureuse.

Ce fut le moment que choisit le médecin pour enfin se montrer aux Églantiers, après la bataille livrée par Bérangère.

– Le travail est terminé, docteur, fit savoir la Ganelou, non sans fierté. Mère et fille vont très bien !

– Heureusement que vous êtes là ! Je ne sais pas ce que je ferais sans vous.

– C'est une fille, docteur ! s'enthousiasma Bérangère, euphorique.

Puis elle expliqua :

– Le papa n'est pas ici, il est en déplacement et nous ne sommes pas encore mariés.

– Vous aurez quand même le droit à votre livret de famille. Seules vous et votre fille y serez pour l'instant mentionnées. Lors de votre mariage, il sera remplacé par un autre livret où vous figurerez tous les trois.

– Merci docteur ! Merci pour tout cet espoir que vos explications m'apportent.

– L'espoir, vous le portez là, contre vous. C'est un bébé magnifique. Avez-vous choisi un prénom ?

– Oui ! Elle s'appellera Aurore !

– C'est très beau, plein de lumière. Je vais l'inscrire sur l'acte de naissance.

– Merci infiniment, docteur.

La porte de la chambre se referma. On laissa leur intimité à la mère et à sa fille, pour la première fois. La Ganelou, Hortense et le médecin s'entretinrent dans la pièce voisine. Quelques recommandations furent données à Hortense pour qu'elle aide au mieux sa petite-fille à découvrir les joies et les devoirs de la maternité.

– Où est votre mari, madame Saintorge?

– Oh, il n'a pas dû aller bien loin mais il valait mieux qu'il s'éloigne. Ce genre d'évènement le rend nerveux, comme tous les hommes.

Un grand sourire habilla les visages.

– Il faudrait avertir les Bayerols, se manifesta Bérangère depuis la chambre. Aurore est aussi leur petite-fille!

Une fois la Ganelou et le médecin partis, Bérangère donna le sein à Aurore sous le regard attendri d'Hortense, radieuse d'assister à l'éclosion d'une nouvelle génération aux Églantiers. Entre-temps, Eugène était rentré et faisait connaissance avec sa petite-fille.

– Elle te ressemble, grand-père. Elle a un air de toi que je lui ai aperçu dès l'instant où elle est arrivée. Elle s'appelle Aurore!

– Mais où as-tu déniché ce prénom?

– C'est le plus beau qui me soit venu. Il m'évoque le lever du jour, juste après l'aube, quand la lumière commence à colorer la terre.

Eugène acquiesça, ne trouvant pas la moindre chose à ajouter. Ému, il chassa discrètement avec son pouce une larme qui tentait de s'échapper de son œil.

– Tu as de ces phrases, parfois.

– Ma fille les mérite bien ! J'espère que Martin sera content de ce prénom !

Dans les heures qui suivirent, les Saintorge reçurent la visite de Jeanne alors qu'Hortense n'avait même pas eu le temps d'aller prévenir les Bayerols. On la vit s'approcher avec un bouquet de fleurs et une mine réjouie.

– Bonjour tout le monde, j'ai appris la nouvelle !

– Mais comment as-tu su ? demanda Hortense.

– La Ganelou est bavarde, vous savez.

– Je vais prévenir Bérangère.

Quelques minutes plus tard, la jeune maman apparut dans l'entrebâillement de la porte de sa chambre, la petite Aurore endormie dans ses bras. Elle invita Jeanne à entrer.

– Tu es la première à venir. Je te présente ta filleule, Aurore.

Jeanne déposa ses fleurs sur le lit défait. Le bébé l'hypnotisait.

– Qu'elle est belle, ma petite nièce.

– Tu veux la prendre dans tes bras ?

– Oh oui, juste pour voir ce que cela fait.

Elle attrapa Aurore comme Bérangère le lui indiqua. Elle avait l'impression de tenir tout contre elle le plus fragile des êtres.

– Ne t'inquiète pas, Jeanne. Un bébé, ça ne se casse pas, c'est vivant, c'est chaud, ça crie.

– Elle est minuscule.

– Tes parents sont donc aussi au courant ! Sont-ils heureux, au moins ?

– Ma mère oui, très. Mais mon père nous a fait savoir que, finalement, il ne se manifesterait que lorsque

Martin aura reconnu l'enfant. C'est quelqu'un de très droit, tu comprends. Il considère qu'il doit d'abord attendre la décision de son fils.

– A-t-il lui aussi des doutes quant à sa paternité?

– C'est-à-dire que... Je crois bien que oui, les rumeurs ont fini par le faire douter.

Encore sous le coup de la fatigue et à fleur de peau, Bérangère prit très mal la chose. Elle récupéra Aurore dans les bras de Jeanne.

– Puisque ton père réagit ainsi, je ne lui montrerai jamais la petite, tu entends? Jamais!

– Mais, et maman?

– C'est tant pis pour elle!

– Et moi, pourrai-je revenir voir Aurore, s'il te plaît?

– Toi oui, bien sûr, tu es sa marraine, se radoucit Bérangère après quelques instants. Tu seras toujours la bienvenue.

Jeanne l'embrassa et déposa quelques baisers sur les menottes d'Aurore. En sortant de la maison, elle dit à Hortense:

– Vous avez de la chance d'avoir un si beau bébé aux Églantiers.

– Oh, tu sais, elle va changer très vite. Dans quelques jours, tu ne la reconnaîtras plus, ça pousse à toute allure. Je vais mettre tes fleurs dans un vase rempli d'eau fraîche. Merci encore et bonjour à tes parents.

Jeanne rentra chez elle attristée par la conversation qu'elle avait eue avec Bérangère. Elle en voulait à son père. Elle s'en voulait à elle aussi, elle aurait pu ne rien dire. Il était trop tard, le mal était fait. Elle parlerait de tout cela avec sa mère.

Après la visite de Jeanne, Hortense n'entendit plus sa petite-fille et son bébé. Elle pensa qu'elles s'étaient endormies. Puis elle finit par aller vérifier et entendit Bérangère sangloter. Elle ouvrit doucement la porte. La petite somnolait dans son berceau de bois et sa mère était étendue dans son lit, le visage enfoui dans les draps froissés.

– Ça ne va pas, Bérangère ?

– Le père de Martin ne veut pas voir Aurore tant que son fils ne l'aura pas reconnue.

Cette nouvelle contraria Hortense mais elle se força à conserver son sang-froid.

– Sois patiente, ma chérie. Il finira par changer d'avis, tu verras.

Trois jours plus tard, ce fut au tour de Maria Bayerols de se rendre aux Églantiers. Sa fille lui avait rapporté sa conversation avec Bérangère. Hortense l'accueillit froidement. La mère de Martin n'en fut guère surprise.

– Je voudrais voir Bérangère et ma petite-fille Aurore, s'il vous plaît, Hortense.

– Je ne suis pas sûre que la petite soit d'accord.

– Il faut que vous sachiez que je ne partage pas l'avis de mon mari. Nous nous disputons en permanence à ce sujet.

Depuis sa chambre, Bérangère entendit les deux femmes discuter. Elle décida de se montrer avec son bébé. Lorsqu'elle les aperçut, Maria poussa un cri de joie. Elle s'avança vers Bérangère, lui prit délicatement

Aurore des bras et observa l'enfant pendant un long moment.

– Celle-là est bien ma petite-fille, j'en étais déjà convaincue mais j'en ai désormais la preuve.

Puis, s'adressant à Bérangère:

– Tu vois le pavillon de son oreille droite, là, regarde bien. Il est replié du haut vers le bas. Rassure-toi, ça lui passera vite. Martin avait cette même anomalie lorsqu'il est né, cela m'avait affolée. Le médecin m'avait dit que j'avais dû venir au monde avec aussi. C'est héréditaire, apparemment.

Complices, les trois femmes palabrèrent plus d'une heure sans quitter la petite Aurore des yeux. Un sentiment partagé de plénitude et de colère raccompagna Maria jusque chez elle. La mère de Martin était heureuse d'avoir pu voir sa petite-fille mais elle demeurait tourmentée par le comportement de son mari. Elle cogitait, se demandait ce qui avait bien pu le faire changer si radicalement d'avis par rapport à Bérangère et à cette grossesse. Elle se promit de le découvrir. Sur le chemin, elle croisa la Ganelou. Comme tout le monde au village, Maria savait que la veuve était bavarde. Elle ne perdait pas une occasion de commenter les faits et gestes de ses voisins.

– Vous revenez sans doute de chez les Saintorge? Vous avez vu la petite Aurore? demanda la Ganelou.

– Oui, c'est exact! J'en profite d'ailleurs pour vous remercier, vous avez bien pris soin de la petite et de sa maman.

– Pour ça, oui. Même le médecin m'a félicitée pour mon travail. Avec tous ces petits semés l'été dernier, il ne sait plus où donner de la tête.

– C'est une belle saison pour venir au monde, n'est-ce pas ?

– C'est mieux lorsque le papa est là.

– Vous savez, dans la vie, il y a des obligations qui n'attendent pas, notamment professionnelles.

– Entre nous, il se raconte bien des choses à ce propos. Il paraît que le vrai père de la petite serait au village en ce moment.

– De qui parlez-vous exactement ?

– Ah ça, je ne peux pas le dire.

– Alors vous feriez mieux de tenir votre langue ! Vos calomnies n'apportent que du malheur.

– Je ne vous permets pas de me parler comme ça ! Ce serait plutôt à votre mari de tenir sa langue.

Une fois son venin lâché, l'accoucheuse pivota et s'éloigna en maugréant.

Naissance oblige, les visites se succédaient aux Églantiers. Lorsque le curé de la paroisse se montra, vêtu de sa soutane noire usagée, Eugène était assis devant sa maison sur une vieille chaise de paille. On ne savait pas trop à quoi il réfléchissait. Par moments, ses yeux se fermaient et son menton s'affaissait sur sa poitrine. Il se réveilla en sentant une présence.

– Je vous dérange pendant votre sieste, monsieur Saintorge. Ne m'en veuillez pas.

Eugène fut étonné, l'abbé Delchart se déplaçait rarement. Il souffrait de mille douleurs qui l'empêchaient de marcher. Seule sa volonté semblait le soutenir, et peut-être aussi le bon Dieu. C'est du moins ce qu'il racontait à ses ouailles tous les dimanches.

Eugène consulta sa montre :

– Ce n'est pas vraiment l'heure de la sieste, c'est plutôt qu'avec ma hanche je ne peux plus faire grand-chose d'autre que de rester assis.

– Je n'ai rien à vous envier. Je me traîne. Il fallait tout de même que je vous voie, après cet heureux évènement.

– Hé oui, c'est arrivé comme ça. Bérangère nous a donné une belle petite Aurore.

– C'est un cadeau du Bon Dieu !

– Si vous le dites, monsieur le curé. Entrez vous rafraîchir un instant.

Les deux hommes pénétrèrent dans la maison où Hortense était occupée à laver la vaisselle.

– Monsieur le curé, quelle bonne surprise !

– Je suis venu voir la nouvelle Saintorge dont on m'avait caché la naissance.

– Asseyez-vous et ne le prenez pas ainsi. Vous connaissez certainement les circonstances de la grossesse de Bérangère ?

– Oh, vous savez, j'entends tant et tant de ragots que je préfère les effacer instantanément de ma mémoire.

– Je vais chercher Bérangère. Aurore a un peu de fièvre aujourd'hui mais rien de grave.

Mère et fille apparurent peu après et le vieux curé s'approcha d'elles.

– Bienvenue dans ce monde, petite Aurore, souhaita-t-il. C'est vrai qu'elle paraît fiévreuse. Il faudrait penser à la baptiser, cela serait plus prudent.

– Son papa est en déplacement et ne rentrera que dans un an, expliqua Bérangère. Nous ne pouvons pas la baptiser avant son retour.

– Je vous comprends parfaitement. Peut-être pourrais-je simplement l'ondoyer, avec votre consentement, bien sûr. Ainsi, s'il lui arrivait malheur, elle serait tout de même accueillie au paradis.

Bérangère serra Aurore plus fort que d'ordinaire. Elle avait l'impression qu'on voulait la lui voler. Sa grand-mère intervint :

– M. le curé a raison, tu la baptiseras pour de bon quand son papa reviendra. En attendant, il faut tout de même que notre Seigneur la protège. Cela me ferait plaisir, même si nous n'allons pas souvent à la messe.

– Dieu accueille tous ses enfants, sa maison est si grande ! s'exclama le curé.

Il y eut un moment de flottement. Bérangère regarda tour à tour ses grands-parents et l'abbé Delchart, qui attendait patiemment qu'une décision soit prise.

– Et comment cela se passerait, monsieur le curé ? s'interrogea Bérangère.

– Préparez-moi un peu d'eau pour les ablutions et ce sera fait dans deux minutes.

– C'est si rapide ?

– Le temps de prononcer quelques paroles sacramentelles.

– Faites donc, monsieur le curé, faites donc.

Dans un coin de la cuisine, Hortense attrapa un seau rempli d'eau récupérée au puits et en versa un peu dans un bol. Elle le déposa sur un coin de la table. Elle était fébrile, tout comme son mari ainsi que Bérangère. C'était la première fois qu'ils allaient assister à un ondoiement. Le curé souleva le bonnet de l'enfant, prit le bol et laissa couler cette eau auparavant bénite sur la tête d'Aurore en prononçant ces paroles : « Je te bénis, Aurore, au nom du père et du fils et du Saint-Esprit. »

– Voilà Aurore marquée pour toujours par le signe du Christ ! Je suis heureux pour notre paroisse et pour votre famille !

Les trois Saintorge embrassèrent Aurore avec une émotion particulière.

– Vous avez bien fait de venir nous voir, monsieur le curé, dit alors Hortense. Pour la peine, voudriez-vous partager le dîner avec nous ?

– Ce serait avec plaisir mais je ne veux pas abuser de votre gentillesse.

– L'imprévisible s'est produit, ici, dans notre maison. Il faut arroser ça !

Pour l'occasion, Eugène sortit l'une de ses meilleures bouteilles de vin. Il se sentit libéré d'un poids, comme si l'ondoiement effectué par le curé venait légitimer une naissance qui était malgré tout encore un peu taboue.

18

Une chose contrariait Bérangère encore davantage que l'attitude de Germain Bayerols: le silence de ses parents. Comme convenu, elle leur avait écrit dès la venue au monde de l'enfant mais elle n'avait reçu aucune réponse à ce jour. Eugène essaya de défendre son fils. Il expliqua à Bérangère que Gaston était sans doute submergé de travail mais qu'il tiendrait parole. Il avait promis à sa fille qu'il viendrait la voir le plus vite possible après son accouchement et il le ferait.

– Pour te prouver l'intégrité de ton père, je vais te confier un secret, se lança Eugène. Je peux te faire confiance?

Bérangère craignit de nouvelles révélations bouleversantes mais elle acquiesça.

– Un jour, ton père a eu besoin d'aide pour l'Assiette Ronde. Comme j'avais touché de l'argent après mon accident ainsi qu'avec la vente du grand pré, je lui en ai prêté. Je n'ai eu qu'un fils et avec ta grand-mère nous n'avons pas hésité: nous nous devions de l'épauler.

Jusque-là, Bérangère connaissait parfaitement cette histoire. Elle attendit la suite, curieuse de connaître la version de son grand-père.

– Lorsque ton père t'a accompagnée ici en janvier, il a réglé ses dettes, sans que ni ta grand-mère ni moi ne lui ayons réclamé quoi que ce soit. Il avait promis de nous rembourser lorsqu'il le pourrait et il l'a fait ! Tu vois, tu ignorais tout cela, n'est-ce pas ?

– Nous n'en avons jamais parlé, mentit Bérangère. Cela ne me regarde pas.

– Voilà pourquoi j'ai confiance en ton père ! Jure-moi que tu ne lui en parleras jamais !

– Juré, grand-père !

Bérangère se sentit victorieuse. Elle avait rappelé à son père qu'il était redevable envers ses parents et il l'avait écoutée, sans même trop chercher à savoir d'où elle tenait ses informations. Elle était fière de lui. Finalement, l'histoire d'Eugène eut sur elle l'effet escompté : elle en voulut un peu moins à son père de n'être pas encore venu rencontrer sa petite-fille. D'autant que le lendemain, elle reçut un colis de Paris. On le plaça sur la table autour de laquelle tous les Saintorge présents aux Églantiers s'assirent, puis Bérangère l'ouvrit. Il y avait à l'intérieur un trousseau de layette pour Aurore, des vêtements blancs et roses et des chaussons à lacets.

– C'est magnifique, se réjouit Bérangère.

Eugène remarqua qu'il n'y avait aucun mot d'accompagnement.

– Il a dû s'égarer mais ce n'est pas grave, ils ont pensé à leur petite-fille ! Je suis si contente !

Les grands-parents offrirent eux aussi un cadeau à Bérangère, un landau aux poignées de porcelaine, muni d'énormes roues montées sur des suspensions en métal.

– Vous êtes fous, il est beaucoup trop beau !

– Pour notre princesse, que ne ferions-nous pas ?

À Boisset, les semaines passaient sans nouvelles de Martin. Il ne faisait plus partie du décor. Le ruisseau, le grand pré et les arbres de la forêt n'avaient plus de souvenirs du jeune charpentier. La nature s'était habituée à son absence mais pas ses proches, même s'ils s'efforçaient de ne pas en parler. Maria et Jeanne se rendaient presque chaque week-end aux Églantiers pour profiter d'Aurore. Seul le père de Martin boudait encore ce bonheur. Peu à peu, le mystère se leva sur les doutes de Germain Bayerols. Ils étaient l'œuvre d'un homme du pays, amoureux de Bérangère depuis longtemps et qui n'avait pas abandonné l'ambition de la conquérir. Il s'était arrangé pour que viennent aux oreilles du père de Martin certains ragots, notamment qu'il était à l'origine de la grossesse de Bérangère. Germain Bayerols avait fini par le croire, perdant confiance en la fiancée de son fils et s'imaginant même que Martin avait quitté Boisset à cause de cette liaison. La Ganelou avait également trempé dans cette rumeur.

Début juillet, Bérangère promenait sa fille dans son carrosse aux poignées blanches aux alentours des Églantiers. Elle évitait le village. Elle poussait parfois jusqu'au ruisseau, près de la vieille grange en bois. Elle s'asseyait alors sur le banc branlant et parlait à sa fille avec ce langage complice qui lie les mamans à leur enfant. Entre elles, il y avait déjà des secrets. La campagne boissétoise portait sa parure d'été. Les foins coupés en brosse tapissaient les prairies et les châtaigniers préparaient leur floraison parfumée.

Il était bientôt midi aux Églantiers lorsque le facteur s'avança vers la maison pour porter un courrier aux Saintorge. Eugène l'accueillit avec enthousiasme.

– J'ai une lettre pour vous !

– Entrez ! Par cette chaleur, vous boirez bien un verre.

– Ce n'est pas de refus, ça tombe tout droit de l'enfer aujourd'hui !

– Comme vous y allez ! Je vous apporte de quoi vous désaltérer.

Pendant que le facteur vidait lentement son verre, Eugène examina l'enveloppe, cherchant en vain le nom de l'expéditeur qui n'y figurait pas. Quant au cachet de la poste, l'oblitérateur n'avait laissé que quelques traces illisibles, en partie effacées, comme sur un tableau d'école essuyé par un fainéant. Le facteur était déjà parti lorsque Hortense apparut.

– On a reçu du courrier, lui dit Eugène.

– Ah bon ! Ouvre donc, Eugène, je n'ai pas les mains propres.

Il trancha les bords de l'enveloppe et en sortit une autre plus petite, glissée à l'intérieur. Il y avait un mot écrit dessus : « À faire parvenir à Bérangère, je n'ai pas son adresse. » Hortense et Eugène affichèrent un air grave, sans rien se dire. Ils n'osèrent pas formuler leur espoir à voix haute.

Lorsqu'elle rentra de sa balade avec Aurore, ses grands-parents se précipitèrent vers elle.

– Bérangère, une lettre est arrivée pour toi !

– Une lettre ? Pour moi ?

– Allez, ouvre donc, ne nous fait pas languir !

La jeune maman expulsa un cri aigu.

– C'est Martin, une photo de Martin! Comme il a changé! Il porte une barbe frisée et une moustache!

– Aucune lettre ne l'accompagne?

– Non, il y a juste trois mots au dos de la photo: « Plus qu'un an! »

– Montre-nous!

– Attendez, c'est ma fille qui doit le voir en premier!

Elle se pencha sur le landau et plaça la photo devant la bouille à moitié endormie de son enfant.

– Aurore! Aurore! Regarde, je te présente ton papa!

Puis ce fut au tour des grands-parents de Bérangère de jeter un œil au cliché.

– C'est bien lui, avec une jolie barbe! Mais il ne dit rien sur son lieu de travail?

– Pas le moindre indice! Ce que l'on peut en déduire, c'est qu'il ignore que je suis ici, auprès de vous, il pense que je l'attends à Paris!

– Quelle situation! Ses parents ont sans doute eux aussi reçu un courrier? Ils en savent peut-être davantage?

– Si c'était le cas, Maria viendrait nous prévenir. De toute façon, je n'irai pas chez eux. Je ne veux pas voir le père de Martin.

– Le principal, c'est que nous savons que cette année écoulée n'a rien changé à ses sentiments pour toi et que, s'il te croit à Paris, c'est qu'il n'a pas le moindre contact avec sa famille. Bérangère, il va bien! Il compte les jours!

– Je vais installer cette photo dans ma chambre!

Elle lui trouva une place de choix et imagina un joli cadre à venir. Martin avait belle allure. Ce n'était plus le jeune garçon qu'elle avait vu partir l'année dernière. C'était un homme, avec sa ceinture de flanelle, son pantalon large maintenu par des bretelles et une chemise aux manches retroussées. « Mon charpentier, pensait-elle, comme tu as changé et comme tu es beau, aussi magnifique que notre cher trésor qui gigote dans son berceau. » Elle savait qu'il pensait à elle mais elle était émue de se dire qu'il ignorait qu'il était père et qu'une jolie petite fille l'attendait aux Églantiers. Elle se demandait si elle allait montrer cette photo à Jeanne et à sa mère, si elle pourrait ainsi atténuer les doutes de Germain Bayerols. Bérangère se regarda dans le miroir. Elle se trouva moche. Elle tira dans tous les sens la peau de son visage, toucha ses cheveux ternes, puis sortit de sa chambre interpeller sa grand-mère. Pourquoi ne l'avait-elle pas alertée sur ce manque de soin ?

– Qu'aurais-tu pensé si je t'avais dit qu'il fallait davantage faire attention à toi ? Pour nous, ce qui compte, c'est ta santé.

– Mais si Martin était arrivé par surprise, tu imagines ? Il m'aurait prise pour une souillon ! Peut-être n'aurait-il plus voulu de moi ni d'Aurore !

– Comment peux-tu penser une chose pareille, tu es ridicule. Il faut que tu prennes du temps pour toi. Tu devrais aller chez la coiffeuse, sortir, retourner au village, y retrouver les garçons et les filles que tu connais. Tu ne vas pas pouvoir attendre Martin encore un an recluse ici.

Bérangère accepta les remontrances de sa grand-mère. Elle savait qu'elle disait vrai même si tout à coup elle la trouvait dure.

– Pour ta fille aussi, tu dois être belle, ajouta Hortense. Elle te voit de mieux en mieux et elle s'habitue à tes traits.

Bérangère sortit de la maison avec sa petite dans les bras et s'assit à l'ombre. Elle resta là plusieurs minutes, berçant Aurore en lui parlant à voix basse. Peut-être demandait-elle à sa fille la permission de prendre un peu de temps pour elle ?

Un jour chaud de la fin du mois de juillet, Bérangère marcha jusqu'au village. Sur la place de l'église, un groupe de garçons l'accueillirent en la taquinant. Les filles s'approchèrent du landau et lui firent des compliments sur Aurore.

– C'est donc l'enfant de Martin ?

– Oui, il nous tarde de le retrouver. Encore un an à patienter.

– Certains ont raconté qu'il n'était pas le père.

– Des rumeurs, s'assombrit Bérangère.

Un autre reprit :

– Nous savons qui est le père ! Il nous l'a annoncé lui-même ! Il nous a même dit qu'il allait se marier avec toi !

– Vous êtes fous, tout cela est faux ! Cessez donc de colporter ces mensonges.

Bérangère poursuivit sa route jusqu'au salon de coiffure. Elle entra, gara dans un coin le landau dans lequel Aurore s'était endormie puis s'assit pour attendre son tour. La patronne vit tout de suite que quelque chose n'allait pas.

– Qu'y a-t-il, Bérangère ?

– Rien, ça va passer, juste de mauvaises langues qui se moquent de moi.

La coiffeuse sortit et fit déguerpir le groupe de jeunes qui rôdaient devant l'entrée, puis commença à s'occuper de sa cliente.

– Tes cheveux ont besoin de soins. Ne t'inquiète pas, ils seront comme neufs quand tu ressortiras d'ici. Comment s'appelle ta fille ?

– Aurore !

– C'est très beau, c'est bien la fille de…

– Oui, de Martin Bayerols !

La coiffeuse sembla étonnée.

– Ah bon ! On m'avait parlé de l'aîné des Grandenez, Abraham. J'ai même entendu dire ici que tu allais l'épouser.

– Eh bien, voyez-vous, ce ne sont que des ragots. Mais pour qui se prend-il, cet Abraham ?

– C'est la Ganelou qui m'a raconté ça. Mais bon, tu sais, elle passe sa vie à écouter aux portes et à répandre tout et n'importe quoi. Tu peux compter sur moi, je ne propagerai pas ces sottises.

Bérangère sortit du salon métamorphosée. Elle eut hâte de montrer sa coiffure à sa grand-mère. Aurore, elle, semblait satisfaite. Elle gigotait dans son landau et souriait à sa mère. Ces soins avaient redonné à la jeune maman confiance en elle. Ça bouillait dans sa tête. C'était donc cet Abraham qui avait tout imaginé, qui était parvenu à convaincre jusqu'à Germain Bayerols ! Elle voyait bien de qui il s'agissait, un gars de la bande de Martin, qui traînait parfois au café. Il l'avait bien demandée en mariage un jour mais avec tellement de fantaisie qu'elle avait pris sa proposition pour une plaisanterie balourde. Comment pouvait-il croire que ces rumeurs allaient lui bénéficier? À la fois excédée et déterminée, Bérangère prit une décision : elle irait lui rendre visite, à cet Abraham !

Elle se rendit chez les Grandenez un matin, de bonne heure. Arrivée sur place, elle n'entendit aucun bruit et pensa que la famille n'habitait plus là, mais la porte s'ouvrit.

– Bonjour, madame, dit Bérangère, je voudrais voir votre fils s'il vous plaît ?

– Jésus ou Abraham ?

Bérangère eut envie de rire mais se reprit.

– Abraham.

– Il est au jardin. Que lui voulez-vous ?

– J'ai juste une commission à lui faire.

– Ah ! répondit simplement sa mère.

Bérangère le trouva occupé à bêcher un carré de terre. Il stoppa son mouvement dès qu'il l'aperçut.

– Que fais-tu là, Bérangère ? Tu es perdue ?

– Non, c'est bien toi que je cherche. Je ne serai pas longue. Écoute-moi et retiens bien ce que je vais te dire : je sais que tu as raconté à tout le monde, y compris au père de Martin, que tu étais le père de mon enfant et que tu allais m'épouser. Je n'ai même pas envie de comprendre ce qui a bien pu te passer par la tête mais je veux que tu te débrouilles pour faire taire ces rumeurs. Sinon, je peux t'assurer que quand Martin rentrera, il saura s'occuper de toi.

Abraham blêmit, s'affaissa sur le manche de sa bêche. Ses joues rosirent. Il était pris au piège.

– Tu sais bien que c'était pour rire.

– Écoute-moi, une bonne fois pour toutes. Tu vas écrire une lettre personnelle à Germain Bayerols, en lui disant la vérité, c'est-à-dire que tu n'as jamais posé ne serait-ce qu'un bout de doigt sur moi et que tout cela n'était que vantardise !

Il tenta un mince sourire.

– Tu as trois jours pour t'exécuter.

Bérangère fit demi-tour et s'éloigna du coupable. Elle ne dit rien de cette initiative à ses grands-parents. Les mots violents qu'elle avait eus, ces invectives jetées à la figure du garçon, tournèrent en boucle dans sa tête. Il aurait pu réagir brutalement, devenir agressif avec elle. L'étonnement l'avait pétrifié. Bérangère avait pris un risque mais elle était fière d'elle. Abraham allait-il se plier à ses injonctions ? Ou bien serait-il trop orgueilleux ? Et s'il cherchait à se venger ?

Trois jours passèrent et personne ne vint voir Bérangère aux Églantiers. Ni Jeanne, ni Maria. Ni Germain Bayerols. La jeune maman pensa que sa démarche avait échoué. Elle ne sortait quasi plus de la maison. Hortense s'inquiétait mais se contentait des explications évasives de sa petite-fille. Bérangère promenait simplement sa fille dans le jardin, dans son beau landau, en lui chantant des chansons que sa mère lui avait apprises.

Il régnait chez les Saintorge comme une tension, diffusée par la mine sombre de Bérangère. L'après-midi, les femmes restaient au frais à l'intérieur, avec le bébé. Quand il n'allait pas jusqu'à la grange du grand pré, Eugène somnolait dehors, sur sa chaise habituelle. Les rayons du soleil, perturbés dans leur trajectoire par le feuillage des arbres, dessinaient des formes étranges sur le visage du vieil homme. Il s'était assoupi et il rêvait. Il voyait Bérangère là-bas, dans le jardin, Aurore dans ses bras. Elle prenait les petites mains de sa fille et tentait de lui faire attraper ces rais de lumière venus du ciel.

À ce moment-là, deux personnes s'approchèrent de la maison. Gardy jappa pour annoncer leur arrivée et interrompit les songes d'Eugène. Il s'agissait de Jeanne et de son père. Ils s'arrêtèrent à quelques mètres du grand-père qui leur sourit en se levant difficilement, les jambes engourdies.

– Quelle bonne surprise !

– Pardon, ce n'est peut-être pas la bonne heure pour vous rendre visite. Mais…

– Mais quoi ? demanda Eugène.

– J'ai envie de connaître ma petite-fille. Ma femme passe son temps à me traiter de tous les noms.

– Elle a bien raison ! Elles sont à l'intérieur. Jeanne, va donc les prévenir. En attendant, asseyez-vous un moment, elles ne tarderont pas.

Jeanne se précipita dans la maison, heureuse de jouer les messagères.

– Bérangère ? Bérangère ?

– Ne crie pas comme ça, lui intima Hortense, tu vas réveiller la petite. Que se passe-t-il ?

– Je suis avec mon père. Il est là, dehors, qui bavarde avec votre mari. Il veut voir Aurore !

Hortense fronça les sourcils puis se leva pour regarder à travers la fenêtre. Bérangère apparut dans la pièce.

– Tiens, Jeanne, je ne t'attendais pas aujourd'hui !

– Bérangère, je suis avec mon père. Il veut vous voir, Aurore et toi.

– Quoi ? réagit-elle.

Elle ne s'y attendait plus. Elle était désorientée, triste et heureuse à la fois.

– Faites-le patienter, je vais chercher la petite.

Hortense et Jeanne sortirent. Les deux hommes parlaient de choses banales.

– Pardonnez-moi ce retard, madame Saintorge. Je suis confus, vous ne pouvez pas imaginer à quel point. Où sont-elles ?

– Elles arrivent, elles arrivent, le calma Hortense. Pour une fois, vous avez l'air bien pressé, monsieur Bayerols. Aurore est tout de même née il y a trois mois.

Hortense n'avait pu se contenir. Eugène intervint pour nuancer son propos.

– Mais vous êtes venu, c'est l'essentiel.

Bérangère franchit la porte de la maison avec Aurore dans les bras puis s'arrêta en dévisageant Germain. Il s'avança vers elle.

– Pardonne-moi, Bérangère, montre-moi ma petite-fille ! Oui, je dis bien ma petite-fille ! J'ai mis du temps mais je suis là aujourd'hui.

– N'en parlons plus puisque vous êtes venu. Aurore vous regarde.

– Je crois bien qu'elle ressemble à Martin. Qu'en pensez-vous, madame Saintorge ?

– Nous autres, nous l'avons constaté depuis longtemps. On s'en doutait même avant qu'elle naisse.

Eugène posa une main sur l'épaule de sa femme pour lui enjoindre de se calmer. La paix s'imposait désormais.

– Allez, rentrons, dit Eugène. Nous n'avons pas assez de chaises, dehors.

– Puis-je la prendre dans mes bras, demanda Germain.

Bérangère lui tendit le bébé.

– Va, ma petite Aurore, va dans les bras de ton grand-père.

La petite ne pleura pas une seule seconde. Jeanne avait les yeux humides. Pour elle aussi, c'était un jour heureux. Au bout de quelque temps, Bérangère dit à Germain :

– J'ai quelque chose à vous montrer.

Elle revint de sa chambre avec la photo de Martin.

– Auriez-vous reçu la même, par hasard ?

– Fichtre que non, ça alors !

Hortense offrit du vin et du café. Aux Églantiers, les tensions s'évaporaient. Bérangère repensait à son entrevue avec Abraham. La terre n'avait pas tremblé. Peut-être même avait-il écrit à Germain Bayerols ? La jeune maman avait gagné. Elle aurait aimé que Martin la voie. « Quelle stratégie ai-je dû employer pour en arriver là ! dit-elle dans sa tête à son fiancé. Tandis que toi, mon amour, tu ne sais rien, tu ignores qu'un ange appelé Aurore t'attend ici, avec sa maman. »

19

Un matin, ce fut au tour du patron de l'hôtel de la Gare de se rendre aux Églantiers. C'était la première fois qu'il venait, personne ne l'avait jamais vu dans ce coin du village. Il se présenta à Hortense et lui fit savoir qu'il souhaitait s'entretenir avec Bérangère. La grand-mère hésita. Le visiteur insista en précisant qu'il sollicitait cette rencontre sur les conseils de son fils, Gaston Saintorge. Alors Hortense le fit entrer et alla chercher Bérangère. Le patron de l'hôtel de la Gare la félicita pour sa progéniture et lui expliqua qu'il avait discuté avec son père en janvier, lorsqu'il l'avait accompagnée à Boisset. Gaston lui avait vanté les qualités de Bérangère, son sérieux, son honnêteté et ses compétences acquises à l'Assiette Ronde. Il avait fait promettre au restaurateur de faire appel à ses services si jamais un jour il cherchait à embaucher.

– Pour aller droit au but, conclut-il. Je sais que vous ne désirez pas retourner à Paris, du moins pour un certain temps, et j'aurais aujourd'hui besoin de quelqu'un comme vous pour travailler chez moi. Avec la nouvelle ligne de train, mon affaire prend de l'ampleur. Bien sûr, vous pouvez prendre le temps qu'il vous faut pour réfléchir à ma proposition.

Bérangère n'en revint pas. Quelqu'un était venu jusqu'aux Églantiers pour lui proposer un emploi. Elle fut aussi touchée par l'attention de son père, qui avait anticipé bien des cas de figure alors qu'Aurore grandissait encore dans son ventre.

– Concrètement, en quoi consisterait mon travail, monsieur?

– S'il vous plaît, appelez-moi M. André, lui demanda-t-il. Il s'agirait de préparer la salle pour le service, de dresser les tables, d'accueillir la clientèle et de la servir. Je sais que vous connaissez tout cela par cœur. Encore une fois, prenez le temps d'y songer. Si cela vous intéresse, nous parlerons salaire.

M. André se leva. Il salua Bérangère et Hortense avant de prendre congé. Les deux femmes le regardèrent s'éloigner, sonnées par cette proposition inattendue.

– Ça alors, souffla Bérangère.

– C'est plutôt intéressant, non? interrogea Hortense.

– Oui, mais avant d'y réfléchir, il faudrait déjà que je sois sûre que vous puissiez, grand-père et toi, vous occuper de ma petite Aurore pendant mes heures de travail. Et que cela ne vous cause pas trop de fatigue.

– Tu ne retourneras pas à Paris, n'est-ce pas?

– Je ne pourrai pas vivre là-bas avec ma fille. Et puis nous devons attendre le retour de Martin pour décider de notre avenir à tous les trois, en famille. Mais je me sens tellement appartenir à cet endroit, désormais.

– Laisse passer quelques jours. En tout cas, sache que ton grand-père et moi nous occuperons d'Aurore autant qu'il le faudra.

Avant de se décider, Bérangère voulut discuter de nouveau avec M. André, connaître le salaire qu'il était prêt à lui verser. Pour elle, il était aussi important de s'imprégner des lieux avant d'aller plus loin dans sa réflexion, elle devait s'y sentir bien. Elle se rendit à l'hôtel de la Gare vêtue de sa meilleure tenue, pour faire honneur à son père qui l'avait recommandée. Dehors, face à la gare, il y avait des emplacements prévus pour les chevaux, les diligences et les autres moyens de transport. L'établissement n'était pas luxueux. Le service du midi était terminé et une employée se démenait avec une serpillière pour rendre propre la salle à manger. Bérangère eut d'abord envie de rebrousser chemin tant la différence de standing était grande avec l'Assiette Ronde. La femme qui nettoyait s'adressa à elle.

– Nous sommes fermés, madame.

– Je voudrais parler à M. André, s'il vous plaît.

– Je vais vous le chercher.

– Merci.

Bérangère resta sur le pas de la porte, personne ne l'avait invitée à entrer. Elle repensa à ce que son grand-père lui avait raconté sur cet ancien bistrot, aujourd'hui transformé en hôtel et en lieu de restauration modeste. Ce qu'elle voyait correspondait à sa description. Elle tenta de s'y imaginer travailler tous les jours. L'idée ne la rebuta pas totalement. M. André apparut, habillé d'une chemise et d'un pantalon sombres.

– Bérangère ! Vous êtes donc venue, j'en suis très content. Entrez, nous allons nous installer pour bavarder.

Une fois assis, il ajouta :

– J'imagine assez bien ce que vous vous dites. C'est vrai, nous ne sommes pas à Paris. Il s'agit d'un établissement de campagne, les gens d'ici sont moins exigeants. Mais cela évolue tout de même, à son rythme. Nous avons aussi quatre chambres au-dessus.

Bérangère attendit qu'il reformule sa proposition. Comme cela ne vint pas, elle prit les devants.

– M. André, je préfère être claire avec vous. Je ne suis pas bonne à tout faire. Je ne passe pas la serpillière, ne lave pas la vaisselle, n'entretiens pas les chambres. En revanche, je sais m'occuper d'une salle pour qu'elle donne envie aux clients d'y revenir. Je sais les accueillir, les mettre à l'aise, les aider à passer un bon moment en assurant le service, comme je le fais à Paris.

M. André fut surpris par le ton employé par Bérangère, qu'il avait perçue la dernière fois si timide et réservée. Il essaya de sourire et de se détendre. Il n'y parvint pas totalement. On ne lui avait pas souvent parlé ainsi, sûrement pas quelqu'un à qui il proposait un emploi.

– Vous savez, dans ce genre d'établissement modeste, les postes sont polyvalents, on peut être amené à effectuer toutes sortes de tâches, expliqua-t-il. Mais soit, il faut que je réfléchisse à comment nous pourrions nous organiser.

– Au cas où votre réflexion aboutisse positivement, puis-je vous demander quel serait mon salaire ?

– Il faudrait tout d'abord faire un essai. Disons que je pourrais vous proposer dix francs par semaine, mais c'est bien parce que vous êtes la fille de Gaston.

– Dix francs par semaine ! Vous n'êtes guère généreux, dites-moi. C'est presque indigne, je connais bien ce métier, vous savez.

Face à l'attitude de la jeune femme, M. André ne parvint plus à garder ses nerfs :

– Écoutez, c'est à vous de voir. De toute façon, si cela ne vous convient pas, d'autres personnes attendent la place.

Ils se quittèrent ainsi. Aucun des deux n'avait cédé. M. André bougonnait derrière son comptoir. Il n'avait jamais vu une jeune femme à la fois si agréable et si prétentieuse. Il se dit qu'elle reviendrait, qu'elle avait besoin de cet emploi. Peut-être alors serait-il prêt à augmenter de quelques francs sa proposition salariale. De son côté, Bérangère était satisfaite de cette entrevue. Elle avait dû se forcer pour paraître pugnace, mais cela était nécessaire, elle voulait jauger l'homme, encore un Auvergnat près de ses sous, visiblement. Elle raconta à ses grands-parents comment cela s'était déroulé, le demi-échec de cette embauche. Qu'importait le résultat, elle était fière de ne pas s'être laissée faire. Les jours suivants, elle ressassa. Elle était partagée entre la fierté qui se dissipait et les regrets d'avoir laissé passer une occasion de gagner de l'argent. Elle s'en voulait un peu par rapport à Eugène et à Hortense, son salaire lui aurait permis de les dédommager même si, évidemment, ils ne voulaient pas en entendre parler.

Pour la tranquilliser, son grand-père lui conta une histoire qu'elle eut du mal à croire. Elle se dit que c'était sa façon à lui de la rassurer, de lui faire comprendre qu'il n'y avait pas besoin d'un salaire en plus aux Églantiers, qu'elle pouvait prendre sa décision sans penser à l'argent. Depuis toute petite, elle avait toujours connu son grand-père ainsi, débordant d'imagination. Alors Bérangère joua le jeu. Eugène commença par lui expliquer qu'il s'agissait là d'un secret qu'il n'avait jusqu'alors partagé avec personne. Puis il se lança.

C'était arrivé avant son accident, quand il avait encore la force de labourer les parcelles de champs qu'il possédait du côté du grand pré. Un jour lui prit l'envie de piocher plus profond, pour bien remuer la terre. Il buta d'abord contre une grosse racine qu'il s'essouffla à dégager. Lorsqu'il y parvint, sa pioche cogna contre une pierre, plus bas encore. Il se demanda ce que cette pierre pouvait bien faire ici et voulut en avoir le cœur net.

– Et alors ? demanda Bérangère.

– J'ai fini par la dégager mais il ne s'agissait pas d'une pierre, répondit Eugène. C'était un petit caisson en granit, un coffre, en quelque sorte.

– Un coffre ? s'étonna sa petite-fille.

Eugène poursuivit, lui assura qu'il avait été très surpris lui aussi. Il pensa à une plaisanterie ou à un vieil objet enterré là par quelqu'un du coin.

– J'ai déposé le caisson de granit sur l'herbe et je l'ai contemplé pendant de longues minutes. Il pesait au moins huit kilos. Puis j'ai essayé de l'ouvrir mais l'ouverture était scellée. Alors je l'ai enterré de nouveau avec l'ambition d'y revenir le lendemain, équipé d'un ciseau à pierre et d'un marteau. C'est ce que j'ai fait. J'ai réussi enfin à desceller le coffre avec mille précautions...

– Mais que pensais-tu trouver à l'intérieur, grand-père ? questionna Bérangère, déstabilisée par la conviction avec laquelle Eugène racontait cette histoire.

– *Milladiou !* Dans ces cas-là, on pense toujours que l'on va tomber sur un trésor, comme dans les livres.

– Mais pas cette fois-ci, n'est-ce pas ?

– Eh bien figure-toi que si, Bérangère, souffla Eugène.

La jeune femme écarquilla les yeux. Son grand-père lui révéla qu'il avait découvert à l'intérieur une dizaine de pièces d'or, et qu'après la stupeur était venue une foule de questions. Que faire de ces pièces ? Fallait-il en parler ? Il se voyait déjà jalousé par ses voisins, dont l'un d'entre eux n'aurait pas manqué de revendiquer la propriété du coffre. Il avait pris alors la décision de remettre le caisson à sa place. Il l'avait enterré encore plus profondément.

Il n'en avait pas dormi pendant plusieurs semaines. Il avait cherché ensuite une explication, s'était renseigné sur l'histoire de Boisset, sur les anciens seigneurs du village qui s'entendaient parfois avec des brigands de passage. Il avait emprunté plusieurs ouvrages à la bibliothèque mais aucun ne mentionnait un trésor. L'excitation s'était estompée. Il avait classé cet évènement dans un coin de son esprit en se disant qu'au moins, en cas de besoin, il y aurait toujours ce coffre enfoui non loin du grand pré. C'est pour ça qu'il allait seul faire ses siestes dans la grange, l'été. Ces virées lui permettaient de vérifier que l'endroit était intact.

Le récit d'Eugène troubla Bérangère, elle ne savait plus quoi penser. Au moins son grand-père avait-il réussi son coup. Inventée ou non, cette affaire de trésor avait soulagé la jeune femme. Eugène avait réussi à la convaincre de ne pas se focaliser sur l'argent.

M. André céda. Il finit par revenir aux Églantiers. Bérangère l'accueillit froidement, fidèle à ce qu'elle avait laissé transparaître jusqu'alors, conservant pour elle ses remords. Le patron de l'hôtel de la Gare lui proposa de la rémunérer douze francs par semaine, sans période d'essai. Il lui précisa qu'elle pourrait être appelée le dimanche lorsqu'il y aurait du monde et qu'elle serait nourrie le midi. Bérangère pensa à sa fille, à tout ce temps passé sans elle, mais elle accepta, c'était une bonne opportunité. Elle demanda à M. André de lui préparer un contrat dans lequel serait inscrit tout ce qu'il venait de lui dire.

Elle écrivit à ses parents, plus particulièrement à son père, pour leur annoncer son embauche. Elle savait que cela ne plairait pas à sa mère. La fille de l'Assiette Ronde serveuse à l'hôtel de la Gare de Boisset, voyez-vous donc ! Une humiliation pour Juliette Saintorge ! Bérangère ne s'était pas trompée. Ce fut sa mère qui lui répondit. Sa mère, dont elle n'avait pas lu un mot à propos de la naissance d'Aurore, avait pris la plume pour lui expliquer qu'elle n'avait rien à faire dans cet établissement de misère alors qu'à Paris, tout le monde l'attendait, clients et amis. La jeune femme reconnut bien là celle qui, il y avait encore quelques mois, l'aurait volontiers vendue à un riche Parisien. Sa malveillance l'attrista à peine tant le deuil de la relation avec sa mère était déjà avancé. Le silence de son père, en revanche, lui pesait. Peut-être n'avait-il pas lu la lettre ? C'est du moins ce qu'elle espérait.

20

Dès ses premiers jours de travail, M. André complimenta Bérangère pour son sérieux et ses tenues impeccables. Elle amenait à l'hôtel de la Gare une fraîcheur nouvelle. Les clients étaient curieux. Ils la trouvaient charmante et le faisaient parfois un peu trop savoir. La jeune femme savait comment les remettre à leur place sans se départir de son sourire. Elle avait l'habitude. Certaines des autres employées étaient jalouses. Alors, quand M. André les invita à prendre exemple sur Bérangère, l'une d'entre elles prit la mouche :

– Vous la préférez parce qu'elle vient de Paris, c'est ça ? Pourtant, c'est une drôle de fille avec un enfant sans père. Puisque c'est ainsi, je rends mon tablier ! Au revoir, monsieur.

Cette remarque et cette défection n'émurent ni le patron de l'hôtel de la Gare, ni Bérangère. Lui se chargeait de la gestion de l'établissement et de la cuisine. Elle décorait et préparait la salle, faisait le service. Ses camarades du village, avec qui les relations s'apaisaient, venaient régulièrement lui demander des nouvelles de Martin.

– Il doit revenir de son tour de France en juillet prochain, voilà tout ce que je peux vous dire.

– Et la petite ?

– Elle attend son papa.

Les Saintorge étaient des grands-parents comblés. Hortense prenait son rôle de nounou à cœur et ne sentait pas la fatigue, au contraire, Aurore lui redonnait de la joie de vivre. Eugène boitait de plus en plus mais n'était jamais loin de ses femmes.

– J'espère qu'on ne nous l'enlèvera pas, celle-là, dit-il un jour à Hortense. Je me suis tellement attaché.

Hortense soupira. Pour elle aussi, cette pensée était cause d'inquiétude. Ils avaient tellement souffert lorsqu'on était venu leur prendre Bérangère après ses trois mois, pour la ramener à Paris. Ils verraient bien au retour de Martin ce que décideraient les parents d'Aurore. Ils avaient encore un peu de temps devant eux.

Les Bayerols venaient régulièrement voir leur petite-fille qui commençait à babiller. Leur affection pour Aurore réjouissait Bérangère mais elle la minait aussi, parfois. Elle lui rappelait sans cesse le silence de son père qu'elle avait de plus en plus de mal à supporter. Noël approchait et sa fille n'avait toujours pas vu le visage de Gaston. Hortense et Eugène faisaient de leur mieux pour lui trouver des excuses et calmer la rancœur de Bérangère. En vain. Cela faisait longtemps que l'argument du rythme de la vie parisienne ne faisait plus l'affaire.

Aux Églantiers, on prépara un petit arbre de Noël garni de bouts de papier de couleur, de bougies et de flocons de coton. C'était le premier sapin de Bérangère. Elle avait déjà reçu un cadeau de la part des Bayerols, une barboteuse blanche avec un bonnet assorti. L'avant-veille du jour saint, le facteur apporta une lettre recommandée à destination de Bérangère, qui était au travail. Hortense signa à sa place et prit connaissance de l'expéditeur : Gaston Saintorge. Elle fut soulagée et se dit que son fils s'était enfin décidé à donner des nouvelles. Elle tourna et retourna le courrier dans ses mains, se surprit même à le sentir comme pour y retrouver une odeur familière. Lorsque Bérangère rentra, elle se saisit timidement de l'enveloppe puis s'enferma dans sa chambre. Le silence s'imposa dans la maison. On n'entendait plus que le bruit du bois que le feu faisait craquer dans la cheminée. La porte se rouvrit quelques minutes plus tard.

– Il s'agit bien de mon père, dit Bérangère. Il m'a enfin écrit une longue lettre. Il y a même glissé des billets de cent francs pour notre Noël. Celui d'Aurore, le mien et le vôtre à tous les deux. Je suis si heureuse qu'il pense à nous.

De ses beaux yeux grands ouverts, Aurore regardait sa mère et semblait comprendre ce qui se déroulait. Bérangère retint ses larmes. Elle aurait voulu crier, appeler Martin de toutes ses forces pour lui dire qu'il ne manquait plus que lui à son bonheur.

À Mauriac, chez les Desplanne, le travail continuait. Martin avait changé de pension du soir pour ne plus croiser Jules et ses acolytes, cela ne servait à rien d'attiser les rancœurs des uns et des autres. Ses exploits s'étaient diffusés parmi les compagnons. Il était devenu celui qui avait terrassé le gros Jules. Quand on le sollicitait à ce sujet, il refusait d'en parler. Il voulait oublier cette affaire. Il se demandait juste ce qu'allait dire Bérangère lorsqu'elle découvrirait sa cicatrice.

Les travaux de la maison de maître étaient finis et Martin y avait participé avec enthousiasme et rigueur. Il devenait un excellent ouvrier. Son patron ne lui faisait que des compliments. Il lui proposa de le conserver dans son entreprise une fois son statut de compagnon acquis. Martin déclina avec politesse, presque en s'excusant. Il expliqua à Desplanne qu'il avait promis à son ancien patron de revenir travailler chez lui après son tour de France et surtout qu'il devait retrouver sa fiancée. Desplanne reconnut qu'il s'agissait là de bien bonnes raisons de refuser son offre. Il décida de lui confier une nouvelle mission qui lui ferait gagner ses derniers galons de compagnon.

Dans le hangar de l'entreprise, il déplia devant lui des croquis.

– Voilà ce que me demande un client, Martin. L'installation de deux chiens-assis sur cette toiture. T'en sens-tu capable ?

– La hauteur entre le plancher du grenier et le faîte du toit est-elle suffisante ? demanda le jeune homme déjà concentré.

– Les cotes sont indiquées en marge. À toi de me proposer un plan adéquat. Tu es maintenant responsable de ce projet. Tu réaliseras une maquette à l'échelle réelle, il y a assez de bois dans l'atelier. Ah, j'allais oublier, ce client a ajouté deux croquis de la charpente intérieure, ça devrait t'aider.

– Où est l'escalier d'accès ?

– Là, mais il est pour l'instant minuscule. À toi de jouer ! Tu as là une occasion exceptionnelle de nous montrer tes talents.

Martin redressa sa casquette et rassembla tout ce dont il avait besoin, papier, crayon, règles compas, mètre. Il se jeta sur les mesures en commençant par vérifier du mieux possible celles de la charpente intérieure, de l'espacement des arbalétriers. Il se demanda comment renforcer l'écartement de ceux-ci pour installer la charpente du chien-assis, vérifia la pente du toit. Il dessina un premier projet afin de se représenter physiquement cette construction.

La fin de la journée arriva bien vite et Martin avait l'esprit embrouillé de chiffres et de calculs. Il regagna sa chambre et tenta d'évacuer la pression accumulée en pensant à autre chose. Il n'en eut pas le temps et s'endormit sans même avoir dîné. Le réveil fut pénible. Il n'avait pas l'habitude de dormir autant. Il avala un copieux petit déjeuner et retrouva son travail là où il l'avait laissé la veille. Tout allait de mieux en mieux. Son ébauche progressait et avait belle allure.

Au bout de quinze jours, il choisit dans le hangar une place pour sa maquette, afin qu'elle ne gêne personne. Il tailla, scia, contrôla la totalité des pièces nécessaires à l'ouvrage. Les autres ouvriers ne pouvaient s'empêcher de regarder l'évolution du modèle, de dire un mot par-ci, par-là, de lui faire rectifier un détail, de l'encourager. Auguste lui confia qu'il avait de la chance, qu'il n'avait jamais vu Desplanne confier une telle besogne à un compagnon. Martin souriait, heureux de son travail et de s'être si bien intégré à cette équipe.

Dès que la maquette fut terminée, quelques semaines plus tard, Desplanne vint l'inspecter, tous les ouvriers réunis autour de lui. Martin se tenait à l'écart, les mains croisées derrière le dos. Il tentait de dissimuler sa nervosité.

– Tu t'es parfaitement débrouillé, Martin. Ce n'était pas un modèle facile, loin de là.

Tout en parlant, le patron auscultait chaque pièce de la maquette, chaque assemblage.

– Comme la couverture sera très lourde, il faudra vérifier si les deux poinçons soutenant l'ensemble du toit ne mériteraient pas un renfort, par sécurité. Pour le reste, je ne vois que du positif.

L'examen était terminé et les collègues applaudirent. Martin fut invité à rejoindre les ouvriers sur l'un des chantiers en cours. Une fois sur place, tous lui tapèrent dans le dos. Il avait réussi là un excellent devoir de compagnon.

21

Le temps passait et on retrouva le printemps. Les primevères, qu'on appelait ici les coucous, fleurissaient au bord des prés de manière désordonnée. Aux Églantiers, les vieux Saintorge prenaient soin d'Aurore pendant que sa mère travaillait à l'hôtel de la Gare. La petite allait fêter son premier anniversaire. Un an déjà qu'elle égayait la vie d'Hortense et d'Eugène. Le moral de Bérangère était plus fluctuant. Elle se sentait parfois découragée, lassée par ses mois d'attente qui n'en finissaient pas. Il fallait encore tenir jusqu'à juillet.

Sa fille commençait à vouloir marcher. Chacune leur tour, Bérangère et Hortense attrapaient Aurore par les mains pour l'aider à se tenir debout. Eugène regardait ce manège avec envie. Il aurait bien aimé y participer mais ses hanches ne lui permettaient plus de se tenir baissé dans certaines positions. Il se contentait de raconter à l'enfant des histoires, le soir, avant qu'elle ne s'endorme. Il adorait son arrière-petite-fille.

Quand elle rentrait du travail, Bérangère la dévorait des yeux pendant de longues minutes. Dans chacune des nouvelles mimiques de sa fille, elle cherchait la trace de Martin. Son pli sur l'oreille avait disparu. Ce fut lors de l'une de ces inspections qu'elle s'aperçut qu'une première dent voulait s'extirper de la gencive.

Elle embrassa Aurore plus fort que d'ordinaire, fière d'elle.

Le 11 avril, en fin d'après-midi, Gaston Saintorge descendit du train en gare de Boisset. Il ne jeta qu'un regard furtif vers le café où travaillait Bérangère et emprunta le chemin qui menait aux Églantiers. Il ne se pressa pas. Les jours s'allongeaient et il avait tout son temps. Marcher vers sa maison natale l'émouvait à chaque fois et lui faisait un bien fou. Cela faisait longtemps qu'il attendait de pouvoir venir, de s'extraire de cette vie parisienne qui ne le rendait plus vraiment heureux depuis que Bérangère était partie. Des chiens aboyèrent à son passage, sans agressivité, simplement habitués à signaler les allées et venues sur leur territoire. Comme personne ne l'attendait, il s'accorda le loisir d'imaginer la surprise qu'il allait provoquer. Il lui restait encore quelques mètres à parcourir. La porte était ouverte et l'on entendait la voix d'Hortense monter dans les aigus, comme il est de coutume lorsqu'on parle aux enfants. Gaston allait enfin rencontrer sa petite-fille. Gardy sortit en remuant la queue, ce qui étonna Hortense. Elle passa sa tête dehors.

– Qu'y a-t-il, Hortense, de la visite? demanda Eugène, assis à l'intérieur.

– Pour une surprise, c'en est une!

Hortense enlaça son fils, Eugène sur les talons. Près de la table, dans un parc en bois, Aurore tentait de se redresser en se cramponnant aux barreaux, pour apercevoir la scène. Gaston s'avança puis s'accroupit face à sa petite-fille. Il s'agenouilla même pour se retrouver à sa hauteur.

– Que tu es belle mon Aurore ! Mon Dieu !

– Tu peux la prendre dans tes bras. Elle n'est pas sauvage, tu sais, c'est un ange !

Il la souleva et la colla contre sa poitrine. Il voulut l'embrasser mais se montra maladroit. Aurore prit l'initiative de le mettre à l'aise en baragouinant quelques mots à son intention.

– As-tu vu Bérangère à la gare ? lui lança sa mère.

– Non, je ne voulais pas la déranger dans son travail.

– Tu vas lui faire une sacrée surprise ! D'autant plus que, demain, c'est l'anniversaire de la petite !

– Je sais bien ! Je n'ai pas programmé ma venue au hasard !

– Juliette ne t'a pas accompagné ?

– Vous savez bien qu'il faut toujours que l'un de nous deux veille sur l'Assiette Ronde, c'est ainsi.

Les questions s'enchaînèrent. Ils parlèrent de choses et d'autres, de l'Assiette Ronde, justement, mais aussi de l'hôtel de la Gare qui prenait beaucoup de temps à Bérangère. Gaston tenait toujours Aurore dans ses bras, comme s'il ne voulait plus la lâcher. Hortense et Eugène s'en amusaient en se jetant des coups d'œil mais ne lui firent aucune remarque.

– À quelle heure rentre ma fille ? demanda Gaston.

– Ça dépend des clients, répondit Hortense. En ce moment, elle quitte assez tôt. Tu aurais quand même pu lui faire un petit coucou tout à l'heure !

– Puisqu'il te dit qu'il ne voulait pas la déranger, la rabroua Eugène.

Aurore souriait à son grand-père. Elle posa même l'une de ses petites mains sur sa joue.

– Les enfants sont si mystérieux, commenta Hortense. Cette petite te câline comme si elle te connaissait depuis toujours, je n'en reviens pas.

– J'espère qu'elle fera le même accueil à son père, songea Gaston. Qu'il pourra lui aussi ressentir toute cette douceur. Je crois que j'ai rarement été aussi heureux, cela me rappelle la naissance de ma Bérangère.

Il se tut d'un coup, comme si le présent avait ressurgi brutalement pour faner ses souvenirs, puis changea de sujet.

– Et toi, papa, comment vas-tu ? Ton problème de hanche ne s'est pas dégradé ?

– On fait avec, je ne suis plus bon à grand-chose. Mais Aurore nous fait rajeunir, ta mère et moi !

– Il dit ça mais il s'occupe encore du jardin, nuança Hortense. Il lui faut un peu plus de temps, c'est tout, et ici ce n'est pas ce qui manque. Les journées ne filent pas aussi vite qu'à Paris.

– Je sais bien, soupira Gaston. Je sais aussi que c'est ce que Bérangère apprécie, entre autres choses. Vous savez, cela n'est pas facile de vivre sans elle. Et puis, pourquoi travaille-t-on sans relâche si ce n'est pour transmettre un jour à nos enfants ce que l'on a bâti ?

– Bérangère est encore jeune, et puis Martin ne va pas tarder à rentrer, ça va certainement bouleverser la situation.

À cet instant, Gardy se leva de sous la table et fonça à l'extérieur. Il avait senti Bérangère approcher. La jeune maman se figea en voyant son père.

– Papa ! Papa ! Mais c'est bien toi ? dit Bérangère.

– Oui ma chérie, c'est moi !

La jeune femme finit par bouger et enlaça son père.

– Où est maman?

– Elle a dû rester à Paris, tu sais comment ça se passe au travail.

– Que je suis heureuse! Je vois que tu as déjà fait connaissance avec ta petite-fille!

– Pour ça, oui! Ils ne se quittent pas d'une seconde tous les deux, plaisanta Hortense.

– Ta fille est magnifique, si affectueuse!

– Tu rentres tôt ce soir, s'inquiéta Eugène.

– Oui! Quelqu'un est venu me prévenir qu'un homme ressemblant à mon père se dirigeait vers les Églantiers. Alors je suis partie, en priant tout le trajet pour qu'il ne se soit pas trompé. Je vais prendre ma journée demain pour que nous fêtions tous ensemble l'anniversaire d'Aurore.

Plus tard, Bérangère aida son père à préparer son lit. Elle rangea aussi la chambre qu'il allait occuper et qui était en désordre. Gaston profita de ce moment seul à seul pour se confier à sa fille.

– Bérangère, il faut que tu saches que rien ne va plus entre ta mère et moi.

– Comment ça, rien ne va plus?

– Notre mariage prend l'eau, comme on dit. Elle s'absente régulièrement pour aller rendre visite au banquier auquel elle avait voulu te marier. Bérangère, je pense que nous allons divorcer.

– Quoi? Mais tu es sûr de tout ça, papa?

– Hélas oui, tu connais son ambition. Elle a toujours voulu se faire bien voir des gens haut placés, intégrer leur monde. Tu sais, nous n'avons plus grand-chose en commun.

– Et dire qu'elle ne m'a jamais écrit pour me parler d'Aurore, de sa propre petite-fille. Ses cheveux sont-ils redevenus ce qu'ils étaient ? Son visage aussi ?

– Oui, pour ça, elle a fait ce qu'il fallait auprès d'instituts qualifiés pour ce genre de soins. Je lui avais dit d'aller chez les plus renommés, l'argent pour moi ne comptait pas quand il s'agissait de ta mère.

– Mon pauvre papa, tu sais que tu peux compter sur moi. Toi, au moins, tu es venu voir mon petit trésor.

– C'est aussi le mien !

Aurore gazouillait dans son berceau sans faire attention à eux. Elle essayait de se mettre sur le ventre mais elle n'arrivait pas à faire passer son bras au-dessous de sa tête. Elle n'avait pas encore compris comment s'y prendre.

Le sujet ne fut pas abordé devant les grands-parents. Bérangère tâcha de conserver son sourire habituel. Gaston réussit à esquiver les questions de son père sur Juliette. Hortense et Eugène se doutaient bien que les choses ne tournaient pas totalement rond à Paris. Comment Juliette pouvait-elle ne pas s'intéresser à sa fille et à sa petite-fille ? Ils avaient de la peine pour Bérangère, pour leur fils aussi. Après le repas, Gaston interrogea une énième fois sa fille sur le retour de Martin.

– Je n'en sais pas plus qu'avant, papa. Son tour de France est censé durer deux années. Il devrait donc être là en juin ou en juillet.

Gaston n'insista pas. Il comprit que Bérangère en avait marre d'être confrontée aux mêmes interrogations. Des interrogations qui la hantaient sans cesse.

Ce fut elle qui, pour conclure sur le sujet, parla de son avenir incertain.

– Dans le meilleur des cas, Martin reviendra comme prévu et reconnaîtra son enfant. Il reprendra son travail chez Jules Portant et nous nous marierons. Mais deux années d'absence peuvent modifier le caractère d'un homme. Et qui sait comment il réagira lorsqu'il apprendra qu'il est le père d'un enfant de quinze mois.

– Tu n'as plus très longtemps à attendre pour le savoir, ma chérie, la rassura Eugène.

– Une chose est certaine, c'est que je ne reviendrai pas à Paris, papa. Ou alors exceptionnellement. Ma vie et celle de ma fille sont ici.

– Je sais bien, soupira Gaston. Tu avais pourtant ta place à l'Assiette Ronde. Je t'y voyais comme la future patronne, ma fille. Tu es ma seule héritière, ne l'oublie jamais.

Eugène grattait sa barbe de quelques jours. Hortense n'arrêtait pas de croiser et de décroiser ses mains. Ses lèvres bougeaient sans qu'elle ne les commande, comme celles des vieilles femmes. Ils étaient gênés par le désarroi de leur fils.

Le lendemain matin, après avoir annoncé à sa mère qu'il reprendrait le train du soir, Gaston s'absenta trois quarts d'heure. En revenant, il fit savoir à Hortense et à Bérangère qu'il n'y aurait pas besoin de préparer de repas ce midi, qu'il leur serait livré. Elles ne posèrent aucune question tant elles ne comprirent pas à quoi cela rimait. Devant leur mine ahurie, Gaston vendit la mèche :

– Je suis venu sans prévenir alors je ne veux pas que vous passiez cette matinée à cuisiner. Et puis, c'est l'anniversaire d'Aurore, je voulais vous faire plaisir à tous les quatre.

– Mais enfin, Gaston, jamais on ne nous a livré un repas ici, aux Églantiers. Que vont dire les gens ? Que nous sommes devenus impotents ?

Bérangère calma sa grand-mère. Elle lui parla doucement. Elle lui fit comprendre que cela partait d'une bonne intention et qu'elle pourrait toujours expliquer aux mauvaises langues qu'il s'agissait d'un évènement exceptionnel, pour un repas de fête. Gaston ouvrit sa valise et en sortit un cadeau pour sa petite-fille, une jolie poupée avec une poussette pour la promener.

– Elle est trop petite pour jouer avec ça, se moqua Eugène.

– Ce n'est plus un bébé, papa, elle va bientôt marcher. Et puis elle pourra y jouer quand il sera temps. Mettons-la dans son parc !

Aurore découvrit avec intérêt cet objet encombrant pour elle. Elle toucha le visage de la poupée puis tenta de la soulever par les cheveux. Elle s'agita, poussa des cris. Elle avait l'air comblé par ce cadeau.

– Merci, papa, tu l'as bien gâtée, intervint Bérangère. Regardez comme elle est heureuse !

M. André arriva avant midi avec le repas complet commandé par Gaston. Hortense, qui n'avait jamais rien vu de pareil, leva les bras au ciel.

– J'ai ajouté deux bouteilles de vin, signala le patron de Bérangère. C'est ma participation à l'anniversaire d'Aurore.

On eût dit un banquet. Sur la grande table en bois des Saintorge s'étalaient un poulet rôti, des asperges, des pommes boulangères et un superbe gâteau. On oublia Martin, Juliette et toutes les angoisses des uns et des autres. Vers quatorze heures, Maria Bayerols et sa fille vinrent se mêler à la fête. Elles arrivèrent aux Églantiers les bras chargés de cadeaux pour Aurore.

– Sainte Vierge! Vous n'avez pas oublié! s'écria Hortense.

– Il n'aurait plus manqué que ça, rétorqua Maria. Où est ma petite merveille, cela fait des jours que je ne l'ai pas prise dans mes bras.

Elle la trouva dans son parc, encore occupée à manipuler sa nouvelle poupée.

– Monsieur Saintorge! s'exclama-t-elle en relevant la tête. Je ne vous avais pas vu, comment allez-vous?

Puis, toujours survoltée, elle tendit un paquet à Bérangère:

– Ce n'est pas un jouet mais un vêtement et quelques accessoires. Mais, on dirait qu'elle veut déjà marcher!

– Ça ne devrait pas tarder, oui, s'enthousiasma Bérangère. Elle est débrouillarde, elle doit tenir de son père.

– Comment va votre mari? demanda Eugène, on ne le voit pas souvent.

– Il va bien! Il vous envoie le bonjour! Il attend impatiemment le retour de Martin, comme nous tous.

L'après-midi s'étira en famille. On servit la goutte et le café et l'heure du départ finit par sonner pour Gaston. Bérangère l'accompagna jusqu'à la gare. Elle lui promit de le prévenir dès le retour de son fiancé. Ils s'étreignirent. Bérangère attendit que le train disparût à l'horizon pour regagner les Églantiers.

22

Martin Bayerols rentra au pays le 12 juillet, par le dernier train. Fidèle à ses engagements, il n'avait prévenu personne. Il ignorait que le sujet de son retour envahissait depuis juin toutes les conversations, chez les Bayerols comme chez les Saintorge. L'angoisse montait d'un cran à chaque coucher de soleil. Allait-il rentrer? Mais voilà que Martin Liberté marchait enfin vers chez lui, fier d'avoir fait ses armes de compagnon. La journée était chaude. Il était parti avec l'été et revenait avec lui. Il avait peu de bagages. Il portait sa tenue de charpentier, son pantalon large retenu par des bretelles, une chemise à gros carreaux et sa canne dont il ne se séparait plus.

C'est sa mère qui l'aperçut en premier. Elle courut vers lui.

– Te voilà enfin! Mon fils! Mon Martin!

Elle sanglotait. Elle le serra si fort qu'il en eut la respiration coupée.

– Bonjour, maman! Merci de m'accueillir si gentiment malgré mon long silence.

– Tu en as mis du temps, mais ça y est, tu es revenu! Comme je suis heureuse! Entre vite, tu dois avoir soif et faim.

– Oui, je boirais bien un grand verre d'eau fraîche.

– Tu as encore grandi ! Tu as une jolie barbe, tu la portes bien !

– La maison est vide ?

– Ton père ne devrait pas tarder et Jeanne travaille toujours chez la couturière.

Martin promena ses yeux sur chaque élément de la maison, les meubles, les cadres, les bibelots, comme pour en faire l'inventaire. Il redécouvrait son intérieur.

– Il n'y a pas grand-chose de changé, ici, si je me souviens bien de tous les détails.

– Oui, c'est vrai ! Mais alors raconte-moi, d'où viens-tu comme ça ?

– J'arrive de Mauriac où j'ai terminé mon compagnonnage.

Il but lentement son verre d'eau. Il voulait savourer tous les instants de ces retrouvailles. Il parla des villages où il avait vécu, de ses employeurs, des ouvrages qu'il avait réalisés. Sa mère l'écoutait. À mesure qu'elle digérait l'émotion de l'avoir retrouvé, elle sentit poindre des craintes. Que devait-elle lui dire concernant Bérangère ? Était-ce à elle de lui annoncer sa paternité ? Tourmentée, elle regardait dehors pour voir si sa fille ou son mari arrivaient à son secours. Personne à l'horizon.

– Je vais faire le tour de la maison, ça va me faire du bien, histoire de retrouver mes repères.

– Tu ne crains donc pas la chaleur ?

– J'en ai vu d'autres, maman. Je travaille la plupart du temps à l'extérieur, au cas où tu l'aurais oublié. Et puis ce tour de France m'a endurci, conforté dans mes choix aussi.

– Tu es un homme aujourd'hui, avec un beau métier, nous en sommes tous heureux ici. Allez, va donc retrouver ta terre. Tu verras, c'est comme à l'intérieur, rien n'a vraiment changé.

Tandis que Martin arpentait les alentours, Maria Bayerols se faisait du mauvais sang. Elle fut soulagée d'entendre son fils lui demander, après son bol d'air, de regagner sa chambre pour aller se reposer en attendant les autres. Martin tomba sur son lit épuisé par son voyage. Il s'endormit profondément. Lorsque son père et sa sœur rentrèrent, ils apprirent avec joie le retour du charpentier.

– Il ne m'a pas encore parlé de Bérangère, dit la mère. C'est assez surprenant, mais je ne veux pas brusquer les choses. On ne sait jamais, mieux vaut attendre qu'il aborde le sujet, alors faites comme moi !

Ils promirent, très surpris eux aussi. Lorsque Martin se réveilla, sa sœur lui sauta au cou puis son père le prit dans ses bras avec plus de réserve. Martin leur dit :

– Je n'en ai pas pour très longtemps mais je dois me rendre aux Églantiers pour demander l'adresse de Bérangère à ses grands-parents. Demain, j'irai la voir à Paris.

Personne n'osa rien dire. Ils le regardèrent s'éloigner en espérant qu'il ne leur en voudrait pas de ne lui avoir rien dit.

Lorsqu'il arriva aux Églantiers, la porte des Saintorge était ouverte, comme à l'accoutumée. Gardy vint l'accueillir.

– Ah, tu me reconnais, tu es un bon chien !

À travers les carreaux de la fenêtre, Hortense reconnut immédiatement la silhouette du jeune homme et se précipita dehors.

– C'est donc toi, Martin ? En voilà une belle surprise !

Puis elle appela Eugène qui arriva à son rythme, retardé par sa jambe. Sous le coup de l'émotion, Hortense embrassa Martin. Eugène lui serra chaleureusement la main.

– C'est un grand plaisir de te revoir, Martin Liberté ! Entre donc, Bérangère ne va pas tarder.

– Elle est ici ? s'exclama Martin.

Les Saintorge furent pétrifiés. Ils eurent peur d'en avoir trop dit et ne surent pas s'ils devaient en dire davantage.

– Depuis quand est-elle arrivée chez vous ? Vous devez être au courant que nous ne nous sommes pas donné de nouvelles pendant ces deux années.

– Allez, entre donc, nous allons bavarder au frais, esquiva Eugène.

– Tu vas d'abord boire un coup, lui dit Hortense, tu m'as l'air fatigué.

– Je viens de Mauriac, le trajet a été un peu long.

– Tu as vu tes parents ?

– Oui, en coup de vent, j'étais pressé de venir vous demander l'adresse de Bérangère. J'avais prévu de me rendre à Paris demain pour la retrouver.

– Bon, écoute, trancha Hortense. Il faut bien que quelqu'un te mette au courant.

Elle vit Martin se tendre, alors elle enchaîna le plus vite possible. Elle lui raconta tout, la grossesse surprise de Bérangère, sa dispute avec sa mère, sa venue à Boisset puis l'arrivée d'Aurore, le nouveau rayon de soleil des Églantiers. Martin s'agrippa à la table. Il paraissait sonné comme un boxeur à deux doigts du K-O.

– Quel inconscient ai-je été, se repentit-il enfin. Comment ai-je pu exiger ce silence, laisser ma fiancée vivre ces évènements sans nouvelles de moi ? Bérangère doit me haïr !

– Viens, intervint Hortense pour mettre fin à ces lamentations. Viens donc voir ta fille, Martin. Elle est là, dans sa chambre.

Habité par une émotion immense et neuve, Martin se leva pour suivre la grand-mère de Bérangère. Il découvrit sa fille et laissa échapper des larmes. La dernière fois que ça lui était arrivé, il devait avoir neuf ans et s'était cassé la jambe.

– Mon Dieu, qu'elle est belle !

– Bérangère te la donnera quand elle rentrera, ça ne devrait pas tarder.

Martin n'arrivait pas à détacher son regard de ce petit ange aux cheveux clairs. Il s'approcha tout près d'elle et lui envoya maladroitement des baisers. Il retourna dans le salon et ne sut plus quoi dire aux Saintorge. Il serrait les poings, se grattait la barbe, se rongeait le bout des doigts. Cette nouvelle l'avait anéanti. Il se sentait tellement irresponsable. Il jetait sans cesse un œil à la pendule et sursautait au moindre bruit qui venait du dehors et pouvait s'assimiler à des pas. Jamais situation ne lui avait causé pareille appréhension. Bérangère allait-elle le renvoyer ? Le haïr ? Le rejeter ? Quel sort méritait Martin Liberté ?

La silhouette de Bérangère se dessina soudain dans l'allée qui menait aux Églantiers. Martin se leva d'un bond.

– C'est toi, Martin ? C'est bien toi ? cria-t-elle.

Après quelques secondes d'hésitation, ils se jetèrent dans les bras l'un de l'autre, des larmes plein les yeux. Hortense s'approcha de Bérangère et lui glissa à l'oreille :

– J'ai tout raconté à Martin, il fallait bien que quelqu'un le fasse.

– Tu as vu Aurore, Martin ? As-tu vu ta fille ?

– Oui, Bérangère, oui, elle est magnifique.

– Elle te ressemble, c'est fou.

– Comme je regrette de ne pas avoir su, d'avoir pris la décision de couper complètement les ponts durant cette absence. Je m'en veux tellement, Bérangère.

Ils entendirent des babillages venant de la chambre.

– Je vais la chercher, Martin, elle doit te réclamer.

Bérangère tendit Aurore à Martin. Même si la petite gigotait et qu'il ne savait pas trop comment s'y prendre, il était à cet instant le plus heureux des hommes. Il l'embrassa mille fois. Les vieux Saintorge furent rassurés et Bérangère aux anges.

– Tu voudrais lui donner son biberon ?

– Je ne sais pas si je saurais faire mais oui, j'en ai envie.

– Tiens ! Mais qu'as-tu sur le front ? On dirait une cicatrice, non ? Tu ne l'avais pas avant !

– Une querelle de compagnon, cela arrive souvent, tu sais.

– Mais quel était le motif de cette bagarre ? demanda Bérangère.

– Les compagnons ont leurs secrets, je préfère qu'il en soit ainsi.

– Très bien, répondit Bérangère, déçue.

– Ce soir, je dois rejoindre mes parents, je les ai à peine vus. Mais ce que je viens de découvrir ce soir est la plus belle des choses qui pouvait nous arriver. Je t'ai retrouvée, ma Bérangère, et en plus tu m'as donné le plus beau des cadeaux.

– Je ne te l'ai pas encore donné ! sourit Bérangère.

– Voyons-nous demain après-midi ! On pourrait se retrouver près de la grange, avec Aurore ? Moi qui croyais devoir aller à Paris pour te voir. J'en tombe à la renverse, je suis tout chamboulé.

– Je te raccompagne un bout du chemin, Martin.

– J'allais te le demander.

– Tu aurais quand même pu rester manger avec nous, osa Eugène.

– Je crois que, désormais, les occasions ne vont pas manquer, répondit Martin en souriant.

Hortense se chargea d'Aurore. Bérangère et Martin s'éloignèrent main dans la main.

– Tu sais, Martin, je t'attendais chaque jour du mois de juillet, comme prévu. Je me demandais si tu allais revenir, si tu m'avais oubliée. Je suis tellement soulagée que cette attente ait pris fin. Découvrir que tu es papa ne t'a pas trop bouleversé ?

– Si, bien sûr ma Bérangère, cela me rend heureux. Mais je me rends compte que j'ai été égoïste avec toi et ma famille pendant ces deux années. Je vous ai imposé ce silence.

Ils s'embrassèrent avec fougue, comme si l'intensité de leur étreinte pouvait leur faire rattraper tous ces mois d'éloignement.

Chez les Bayerols, le repas était prêt. Martin, en arrivant, eut droit à des regards autant inquiets qu'inquisiteurs.

– Vous m'avez bien caché la vérité.

– Ce n'était pas à nous de te dire tout cela, mon fils, dit Maria.

– Je sais, et je m'en veux d'avoir été si stupide en pensant que ne pas se donner de nouvelles était la meilleure solution pour vivre sereinement ces deux années. Je n'ai pensé qu'à moi, je vous demande pardon.

– Allez, ce n'est rien, n'en parlons plus.

– J'ai fait la connaissance de ma belle Aurore, mon diamant à croquer. Tout va rentrer dans l'ordre désormais. Il ne me manque plus qu'à aller saluer Jules Portant. J'espère qu'il n'aura pas oublié ses promesses. Tu as toujours autant de travail, papa ?

– Oh oui, ce n'est pas ce qui manque ici ! Ne t'inquiète pas, tu auras de quoi faire, Jules Portant est passé nous voir il y a quelque temps pour nous demander comment tu allais. Je pense qu'il lui tarde que tu reprennes du service. As-tu appris des choses pendant ton compagnonnage ?

– Des tonnes, si tu savais ! J'ai même réalisé un chien-assis en modèle grandeur nature. Tu verras, quelqu'un a fait des photos, il doit me les faire parvenir.

– Et cette marque que tu as sur le front ? Es-tu tombé d'un toit ?

– Je te raconterai un jour, quand nous serons tous les deux, dit-il en lançant un regard rieur vers sa mère et sa sœur. Une bagarre entre compagnons, cela fait partie de l'expérience.

– J'espère que tu as été à la hauteur?

– Oui, rassure-toi, mon adversaire ne l'oubliera pas de sitôt!

Maria Bayerols joignit les mains comme si elle remerciait Dieu que son fils soit revenu sain et sauf.

– Et toi, ma Jeanne, que deviens-tu?

– J'apprends toujours le métier de couturière, chez la voisine, et tout se passe bien.

– Je suis content, nous aurons tous les deux des métiers créatifs et manuels. Ce sont nos mains qui réaliseront nos œuvres, toi avec les tissus, moi avec le bois. C'est merveilleux! Vous ne trouvez pas?

– Bien sûr, mon fils. Ton père et moi, nous savons déjà que nous avons des enfants fantastiques. Cela annonce un bel avenir.

– Et tu n'as encore rien vu, maman!

– Oh, je sais déjà que j'ai une petite-fille!

La nuit fut paisible et Martin ne fit pas de grasse matinée. Il voulait se rendre au plus vite auprès de Jules Portant. Lorsque le jeune compagnon arriva en tenue de charpentier chez son ancien patron, ce dernier s'apprêtait à partir. Il ouvrit grand ses bras et l'accueillit comme un fils.

– Te voilà donc, mon cher Martin! Et avec ta canne de compagnon! C'est bien, tu aimes toujours autant ce métier!

– J'ai aussi avec moi tous mes certificats de travail que je vais transmettre à la chambre des métiers du Cantal afin d'obtenir officiellement ma certification de compagnon. Avec le CAP que j'ai déjà, mon dossier sera complet!

– Je te félicite, mais je n'ai jamais douté de toi. Ton père te l'a sans doute dit mais j'espérais ton retour prochain. J'ai du travail pour toi, un poste de responsable compagnon.

– Je ne suis pas trop jeune ?

– J'ai confiance en toi !

– Je vous remercie beaucoup.

– Je te l'avais promis, Martin. Je tiens toujours mes promesses.

L'après-midi, Martin attendit Bérangère à l'endroit habituel, le leur, là où tout avait commencé, là où Aurore avait été conçue. Le bruit du ruisseau était le même. L'état de la petite grange s'était dégradé mais elle tenait encore debout. Martin s'assit sur le banc, tourné vers le chemin que Bérangère devait emprunter pour arriver jusqu'à lui. Puis il finit par s'allonger à l'ombre, ferma les yeux et s'endormit. C'est ainsi que le découvrit Bérangère. Elle ne voulut pas le réveiller. Elle se doutait qu'il n'avait pas complètement récupéré de son périple pour rentrer à Boisset. Aurore commençait à bien marcher. Elle s'amusait à attraper des brins d'herbe et des pâquerettes et à les déposer sur son père. Elle finit par le réveiller.

– Tu vois comme ta fille t'aime, elle te couvre déjà de fleurs.

– Et moi je préfère les bisous à l'herbe !

Tout en surveillant Aurore qui ne s'éloignait guère, les amoureux se mirent à parler d'avenir.

– Plus rien ne nous empêche de vivre notre vie tous les trois, qu'en penses-tu, mon charpentier ?

– J'ai vu Jules Portant ce matin, mon ancien maître d'apprentissage. Il veut m'embaucher comme il me l'avait promis.

– C'est une excellente nouvelle!

– Pour commencer notre vie à trois, il nous faut l'accord de tes parents, nous sommes encore mineurs!

– Je m'en charge! Mais tu ne m'as pas demandée en mariage, que je sache!

Martin s'agenouilla, joignit ses mains. Aurore s'intercala entre eux avant qu'il n'ait pu ouvrir la bouche.

– Il y a un obstacle, Martin, tu vois bien, sourit Bérangère.

Alors il prit Aurore dans ses bras et dit enfin:

– Bérangère Saintorge, voulez-vous m'épouser? Et vous, Aurore Saintorge, voulez-vous de moi pour père?

Aurore, n'y comprenant rien, éclata de rire et Bérangère dit oui pour elles deux. Dans l'herbe fauchée autour de la grange, les trois ne faisaient plus qu'un. Si Bérangère et Martin ne s'aimèrent pas comme ils l'auraient souhaité en présence de leur fille, leurs regards en disaient long sur leur désir et leur bonheur de s'être retrouvés.

23

Martin n'était rentré que depuis quelques jours et déjà les jeunes parents ne pensaient plus qu'à leur mariage. Après tous ces mois séparés l'un de l'autre, ils étaient pressés. Ils voulaient que leur bonheur se concrétise, l'ancrer enfin ici, à Boisset, au vu et au su de tous. Bérangère écrivit à ses parents, à Paris, pour leur demander leur accord.

– Ce n'est pas si facile de se marier ! Et si mes parents refusaient ? Si ma mère s'opposait à ce mariage ?

Eugène la rassura.

– Bérangère, tu vois le petit ruisseau que vous aimez tant près de la grange ? Il a connu des années de fortes pluies, des débordements incroyables, mais il coule toujours. Tout s'arrange et tout va bien se passer pour vous deux, crois-moi.

– Oui, mais…

– Ou alors il y a une solution : attendez votre majorité !

– Grand-père, tu exagères ! Tu sais bien que nous n'avons plus envie d'attendre quoi que ce soit !

– En tout cas, si vous ne savez pas où habiter, vous pourriez rester chez nous. Il suffirait d'imaginer quelques aménagements. Au moins, la petite ne serait pas dépaysée.

Bérangère embrassa son grand-père sans rien répondre. Elle savait que de les voir partir, Aurore et elle, serait un déchirement pour lui.

De son côté, Martin entretint les siens de leurs projets d'avenir. Ceux-ci ne furent guère surpris et tentèrent comme Eugène de freiner quelque peu leurs ardeurs. Ils donnèrent leur accord à ce mariage et Martin leur apprit que le plus compliqué allait être d'obtenir celui de Juliette Saintorge. Les Bayerols s'en étonnèrent. Ils ne savaient rien des différends qui régnaient entre la mère et la fille, ni des difficultés conjugales de Gaston et Juliette. Les Bayerols dirent à leur fils que, en vue de l'événement qu'il préparait avec Bérangère, il serait décent qu'il aille visiter M. le maire de Boisset. Martin en convint.

Le jeune charpentier se rendit au domicile de l'édile quelques jours plus tard. Martin tenait à rester discret, mieux valait le voir chez lui plutôt qu'à la mairie.

– Tiens, Martin Bayerols! s'exclama le maire. Tu en as passé du temps loin de ton pays et de ta fiancée! Oui, je sais tout, c'est bien mon rôle non?

– Justement, monsieur le maire, c'est de cette relation dont je suis venu vous parler. Bérangère et moi avons décidé de nous marier.

– En voilà une bonne nouvelle! Je suis très heureux pour vous!

– Le seul problème est que nous sommes mineurs et que nous devons encore obtenir l'accord des parents de ma future épouse. Pouvons-nous d'ores et déjà fixer une date, puis je repasserai vous voir une fois cet accord reçu?

Le maire fit une moue perplexe. Il eut l'air soucieux, lissa sa moustache entre son pouce et son index.

– Il y a aussi un autre problème, Martin. As-tu pensé à la conscription ? Tu es de la classe 1899, cela va arriver très vite pour toi, tu es censé partir faire ton régiment.

Le jeune homme pâlit. Il pensa à Adrien, à ce dîner chez lui avec sa femme Émilienne. Son ancien collègue l'avait prévenu mais son esprit avait sans doute préféré oublier cette information.

– J'avais complètement oublié cette affaire, répondit Martin, abasourdi. Depuis deux ans, je ne pense qu'à obtenir mon certificat de compagnon charpentier et à retrouver Bérangère. Mais comment allons-nous faire ?

– Écoute, il y a bien un moyen. Normalement, avec cet enfant à charge, tu devrais pouvoir, après votre union, demander une exemption en tant que soutien de famille, lors de ton conseil de révision. Cela devrait te permettre d'échapper au service national. Si tu veux, je te préparerai cette demande en temps voulu.

– Je vous en remercie infiniment, monsieur le maire. Si je devais à nouveau quitter ma famille, je ne sais pas comment nous surmonterions une telle épreuve. Et puis j'ai déjà assez failli à mes devoirs de père.

– Fais-moi parvenir les accords familiaux quand tu les recevras. On m'a aussi dit que tu allais revenir travailler chez Jules Portant ?

– Oui, c'est exact, c'était entendu avant mon départ !

– Je suis content, Martin, tu es un enfant de Boisset, et tu vas maintenant y construire ta vie ! Cela me ferait plaisir que tu viennes me présenter Bérangère. Avez-vous trouvé de quoi vous loger, une fois mariés?

– Non, c'est encore en réflexion.

– Au moindre problème, n'hésite pas à venir me voir.

Martin eut hâte d'informer Bérangère de toutes ces bonnes nouvelles. Pour le couple, tout semblait rentrer dans l'ordre.

Bérangère attendait la réponse de ses parents avec angoisse. Son entourage pouvait déceler son inquiétude dans ses moindres gestes. Elle faisait partie de ces gens qui n'arrivent pas à cacher leurs malheurs. À l'hôtel de la Gare, M. André l'avait à plusieurs reprises interrogée sur sa mine tourmentée. Bérangère ne répondait pas. Elle esquivait et ne se confiait qu'à Martin. Sa présence lui donnait de la force. De son côté, le jeune charpentier avait négocié avec Jules Portant un salaire honorable, qui lui permettrait de subvenir aux besoins de sa future famille. Surtout qu'il n'était pas dépensier, le Martin. Il avait économisé tous les sous gagnés lors de son compagnonnage, un vrai Auvergnat!

Un dimanche, Bérangère et Aurore furent invitées à déjeuner chez les Bayerols. Tous passèrent une journée paisible. Ils rirent en assistant, conquis, aux pitreries de l'enfant qui ne tenait pas en place. Jeanne, sa marraine, la trouvait mignonne à croquer. Martin et son père s'éclipsèrent un moment pour bavarder. Germain Bayerols soutenait les projets de son fils qu'il jugeait métamorphosé par son compagnonnage. Il n'avait que vingt ans et devait déjà assumer la charge d'une femme et d'une petite fille. Il était fier de lui. À l'intérieur de la maison, on discutait toilettes et couture, sous l'impulsion de Jeanne.

– As-tu déjà choisi ta robe de mariée, Bérangère? demanda la petite sœur de Martin.

– Tu vas bien vite en besogne! Non, pas encore. J'ai bien une petite idée mais nous avons le temps.

– J'aimerais que tu la commandes chez ma patronne, avoua Jeanne. J'en serais très fière. Nous en avons déjà confectionné de très belles. Tu pourrais venir en voir quelques-unes, cela ne t'engage à rien.

– Tu exagères, intervint Maria. La mariée choisira la robe qu'elle voudra.

– Non, non, avec plaisir, dit Bérangère. Je viendrai, cela me donnera des idées.

– Et toi, maman, qu'as-tu prévu? en profita Jeanne.

– Rien pour l'instant mais je compte bien faire honneur à ma future belle-fille!

– Je n'avais pas imaginé que tout aille si vite, pensa Bérangère à voix haute. Martin n'est rentré qu'il y a peu.

– Oh, tu sais, nous les femmes sommes toujours impatientes quand il s'agit de robes, plaisanta Maria. Mais ne t'inquiète pas, comme tu dis, nous avons encore le temps. Les hommes, eux, s'y prennent bien à la dernière minute!

– Et toi, Jeanne, y as-tu pensé? demanda Bérangère.

– Oui, mais je ne dirai rien!

Les trois femmes éclatèrent de rire et le sujet fut clos.

Il régnait encore autour de ce mariage bien des incertitudes. Les tenues n'étaient qu'un détail. Bérangère n'avait toujours reçu aucune réponse de Paris. Les fiancés se demandaient aussi où ils allaient bien pouvoir s'installer. Louer une maison ? La construire ? Dans tous les cas, cela prendrait du temps. Il faudrait bien trouver une solution en attendant. Confronté aux doutes des futurs mariés, Eugène réitéra sa proposition, à laquelle il avait bien réfléchi.

– J'en ai beaucoup parlé avec Hortense, et voilà ce que nous avons imaginé, exposa le grand-père de Bérangère au jeune couple. L'étage des Églantiers n'est qu'une sorte de grand grenier et pourrait devenir, avec un aménagement approprié, un petit logement très agréable. À condition d'y ajouter quelques cloisons et deux lucarnes. Cela serait dans tes cordes Martin, n'est-ce pas ?

Les deux jeunes ne surent pas quoi dire, partagés entre la surprise d'une proposition si concrète et les interrogations sur la faisabilité de tels travaux.

– Vous nous prenez au dépourvu, Eugène, répondit Martin. Et puis cela devrait coûter une certaine somme…

– Cela serait notre cadeau de mariage, à Hortense et à moi, le coupa le grand-père. Ma petite Aurore ne me quitterait pas, vous deux non plus, cela serait merveilleux !

– Vous êtes fous, intervint Bérangère, touchée que ses grands-parents aient imaginé une telle possibilité offrant un nouveau départ au couple et à leur fille.

– Réfléchissez-y mais ne tardez pas trop à nous donner votre réponse, dit Hortense dans un sourire. Nous risquerions de changer d'avis.

Martin demanda alors à mieux voir la maison de l'extérieur ainsi que le grenier, pour jauger l'ampleur des travaux. Ses yeux devinrent instantanément ceux du charpentier. Ils étudièrent avec sagacité les possibilités d'aménagement. Personne n'avait mis les pieds en haut depuis longtemps. Le grenier était encombré mais le jeune homme parvint à se faufiler et à en voir suffisamment. De retour en bas, il donna son avis.

– Je pense que c'est jouable. La structure me paraît solide et en parfait état. La charpente sera à modifier partiellement, mais tout est sain dans cette maison. J'en parlerai déjà à mon patron, pour voir ce que nous pourrions envisager comme chantier et combien cela coûterait. Et puis nous en discuterons avec Bérangère.

La jeune femme se jeta sur son grand-père avec une telle joie qu'elle faillit le renverser. Son enthousiasme traduisait à quel point cette proposition l'avait conquise. Martin remercia aussi chaleureusement Hortense et Eugène. Si l'idée plaisait à Bérangère, alors elle lui plaisait à lui aussi. Tous voulurent prendre Aurore dans leurs bras. Il y eut, à cet instant, communion dans le même bonheur. L'avenir semblait, en ce jour, prendre définitivement racine aux Églantiers!

24

Un courrier de Paris arriva enfin. À l'intérieur figurait l'accord pour le mariage, signé par les deux parents de Bérangère. La jeune femme exulta. Elle se rendit sur-le-champ à l'atelier de Jules Portant pour en informer Martin. Les deux fiancés étaient heureux, les planètes s'alignaient. Le lendemain, une autre lettre de Paris fut remise à Bérangère. Son contenu atténua la joie de la veille. Les mots étaient de son père.

Ma chère Bérangère,

J'espère que tu as bien reçu notre accord concernant ton mariage. Je suis très heureux pour toi, ma fille. Mais il faut que tu saches que ta mère a quitté le domicile conjugal et que j'ai dû insister pour qu'elle veuille bien signer ton document. Je t'en avais informée : cela faisait un moment que rien n'allait plus entre nous. Elle a donc fini par prendre une décision. Elle va poursuivre son existence avec ce banquier qu'elle voulait te faire épouser. Elle aura une meilleure situation, cela a toujours été son ambition. Elle me répétait trop souvent que notre couple ne lui suffisait plus, qu'elle étouffait à l'Assiette Ronde. Il faut aussi que je t'informe qu'elle ne viendra pas à ton mariage et qu'elle m'a prié de te l'annoncer.

Bérangère eut envie de hurler. Sa mère les abandonnait. Pour se consoler, elle se remémora tous les moments odieux qu'elle lui avait fait vivre, pendant sa grossesse et auparavant. Ces pensées lui permirent de se ressaisir. Après tout, son père la soutenait et serait présent pour ses noces, c'était là l'essentiel. Elle décida d'oublier sa mère, de la sortir définitivement de sa tête et de sa vie. Elle ne méritait même pas son chagrin. Elle n'osa pourtant pas le formuler ainsi à Martin. Elle préféra lui dire que c'était à cause de sa santé que sa mère ne viendrait pas à leur mariage. Son fiancé trouva le motif douteux mais n'insista pas.

Bérangère répondit à son père en lui détaillant les travaux prévus aux Églantiers suite à la proposition généreuse de ses grands-parents de partager leur maison avec le couple. Elle lui expliqua qu'il s'agissait là de leur cadeau de mariage, que son grand-père lui avait expliqué qu'ils avaient eu une rentrée d'argent inattendue et qu'ils étaient heureux de l'investir dans ce projet. Évidemment, Bérangère savait quelle était cette rentrée d'argent : les dettes remboursées de son père. Mais elle resta volontairement évasive. Il comprendrait de lui-même et elle avait promis à Eugène de ne rien dire.

L'altruisme des vieux Saintorge fut contagieux. Il donna des idées à Gaston. Il fallait qu'il en discutât avec son notaire mais il voulait faire en sorte que les Églantiers revinssent non pas à lui mais directement à Bérangère, à la mort de ses parents. C'était une façon de léguer malgré tout quelque chose à sa fille, elle que l'Assiette Ronde et Paris n'intéressaient pas.

On fixa la date du mariage au 14 octobre. Martin annonça la date à Jules Portant et lui demanda s'il pensait que les travaux pourraient être finis d'ici là, en deux mois. Son patron lui répondit que cela était faisable. Le temps d'installer tout le matériel, le chantier serait prêt pour la fin du mois d'août. Le jeune charpentier allait devoir y passer toutes ses heures supplémentaires et ses dimanches, mais il était déterminé. Bérangère et sa fille méritaient bien ce nid douillet. Les Saintorge furent ravis d'apprendre que leur maison allait être aménagée si rapidement afin d'accueillir leurs descendants au complet. Eugène était fatigué mais ne s'en plaignait jamais. Sa santé se détériorait. Hortense n'était pas dupe et elle s'en inquiétait.

Il fallut aussi choisir un lieu pour les noces. Martin et Bérangère pensèrent d'abord à l'hôtel de la Gare. C'était le plus pratique. Dans un nouveau courrier, Gaston fit savoir à sa fille qu'il trouvait l'idée excellente et qu'il prendrait en charge la totalité des frais. Maria Bayerols, elle, ne voulut rien entendre. Le repas des noces se ferait chez eux, elle s'occuperait de tout et cela n'était pas négociable. Face à tant de fermeté, les futurs époux cédèrent.

La veille du début des travaux, Gaston arriva aux Églantiers à l'improviste, comme à son habitude, ce qui provoqua à nouveau la surprise de ses parents.

– Je n'ai pas eu le temps de vous prévenir, s'excusa-t-il. Je ne fais qu'un aller-retour. Je dois voir les Bayerols pour régler quelques détails concernant les noces.

– C'est ta fille qui va être contente!

– Oui, certainement! se réjouit-il. Je suis aussi venu pour vous remercier tous les deux d'avoir engagé ces travaux pour les jeunes. Cela va donner une bien belle allure à la maison.

Aurore choisit ce moment pour venir tirer sur le pantalon de son grand-père. Il la souleva, l'embrassa et lui fit mille compliments. Il lui dit qu'elle était encore plus belle que sa maman à son âge. Puis il la prit sur ses genoux.

– Je voudrais profiter de l'absence de Bérangère pour vous expliquer ce que moi, de mon côté, j'ai pensé faire pour eux, poursuivit Gaston. Le problème est qu'il me faut votre assentiment total.

– Mais parle donc, mon fils, parle, s'impatienta Hortense.

– Voilà, étant votre seul héritier, j'aimerais léguer les Églantiers à Bérangère, par anticipation.

– Mais, c'est possible ça?

– Oui, c'est possible, expliqua Gaston. J'ai contacté mon notaire et un expert matrimonial pour tout vérifier avant de venir vous en informer. Pour vous, cela ne change rien, vous serez toujours les propriétaires des Églantiers en attendant que Bérangère le devienne.

– Ta femme est d'accord?

– Nous ne sommes pas mariés sous le régime de la communauté. Et puis, de toute façon...

– Ça alors, je n'en reviens pas, finit par réagir Eugène, tu donnes ton héritage directement à ta fille?

– Oui, papa. J'espère que vous n'êtes pas contre, au moins? Je pourrais le comprendre.

– *Milladiou* que non ! jura Eugène, au contraire, nous en serions très heureux.

Le grand-père tourna la tête vers sa femme pour avoir son assentiment. Hortense acquiesça avec enthousiasme.

– Fantastique ! Je ne lui donnerai les papiers que le jour de son mariage. En attendant, gardez cela pour vous. Vous me le promettez ?

– Pour sûr que nous te le promettons !

– Tenez, vous n'aurez qu'à signer ces papiers.

Le lendemain, les ouvriers de l'entreprise Portant arrivèrent aux Églantiers alors que Gaston repartait. Le père de Bérangère eut juste le temps de saluer son futur gendre et de discuter quelques instants avec lui pour la première fois. Il l'embrassa comme un fils. C'est lui qui avait dessiné tous les plans des travaux, qui avait pensé les lucarnes, les cloisons intérieures et aussi l'escalier à remettre aux normes. Désormais responsable, il donnait ses consignes aux deux collègues qui l'accompagnaient.

Les vieux Saintorge regardaient les charpentiers travailler. Ils durent supporter le bruit des marteaux qui cognaient contre le bois et la poussière que toute cette agitation générait. Ils se forçaient à ne pas y faire attention et à se concentrer sur Aurore, qui leur prenait déjà beaucoup d'énergie. Eugène, qui ne cessait de décliner, lui racontait des histoires et l'emmenait en balade dans les environs. Pas très loin, ses jambes ne suivaient plus.

Le premier dimanche qui suivit la visite de Gaston, Bérangère et Martin décidèrent de faire une pause dans tous ces préparatifs et d'aller passer l'après-midi avec leur fille du côté du grand pré. Le jeune charpentier portait sa fille dans l'un de ses bras et tenait de l'autre celui de sa fiancée. Le soleil de cette fin d'été leur chauffait la peau. Le ruisseau les attendait et Aurore voulut s'en approcher, attirée par le bruissement gracieux du cours d'eau.

– Faisons-lui passer le gué, Martin. Déchaussons-la et faisons-lui sentir la fraîcheur de cette eau qui nous revigore depuis l'enfance.

Ils se déchaussèrent, retroussèrent leur robe et leur pantalon. Ils rirent avec Aurore qui s'amusait à les éclabousser. Après ces amusements, Martin et Bérangère s'allongèrent dans l'herbe près de la grange avec, entre eux, leur jolie fillette qui cueillait toutes les fleurs alentour pour venir les leur offrir.

– Tu penses qu'il y a toujours du foin à l'intérieur? demanda Martin.

Ils se levèrent et virent que oui, du foin nouveau habillait encore leur repaire d'amoureux. Ils y entrèrent tous les trois et firent les fous, au grand bonheur d'Aurore.

– Rien n'a guère changé ici, observa Bérangère.

Martin prit sa fille dans ses bras. Il la regarda bien en face. Leurs nez se touchaient presque.

– C'est ici que tu as été conçue, mon trésor. Oui, ici même. Ta maman et moi nous nous sommes aimés à la folie et maintenant tu es là et tu es la preuve que nous avons bien fait de nous aimer ainsi.

– Tu sais parler aux jeunes filles, toi, plaisanta Bérangère.

Ils continuèrent de jouer dans le foin presque tiède jusqu'à ce qu'Aurore s'endormît, épuisée. Les parents s'enlacèrent comme ils purent autour de leur fille et attendirent, sans parler, que l'enfant se réveille. Une fois de plus, la petite grange de bois accueillait leur bonheur.

25

La maison des Saintorge n'avait jamais vécu une telle cure de rajeunissement. Les travaux avançaient et déjà la première ouverture sur le toit avait fière allure. Assis sur sa chaise devant la maison, Eugène approuvait. Hortense le surveillait, elle le trouvait amoindri. Son regard était de plus en plus vide. Sa petite-fille jouait à côté de lui mais il n'était plus hypnotisé par elle comme avant.

– C'est quand même mieux que le repas ait lieu chez les Bayerols plutôt qu'au restaurant, lança Hortense, histoire de faire la conversation. Tu ne penses pas, Eugène ?

– Oh, tu sais, j'espère surtout que d'ici là, je ne mourrai pas. Je sens venir de mauvais moments.

– Ne dis pas des choses comme ça, je t'en prie, supplia sa femme.

Il ne répondit pas, l'œil toujours amorphe.

– Je vais faire venir le médecin, dit-elle en se levant.

– Non, Hortense, non. Je n'ai pas besoin de lui. Ne t'inquiète pas, je tiendrai le coup jusqu'aux noces.

Martin conduisait les travaux comme un chef. À le voir, on devinait qu'il aimait profondément son métier. Jules Portant avait embauché du renfort. Il fallait que tout soit prêt pour le 14 octobre et l'aménagement de l'étage leur donnait du fil à retordre. Un matin, un nouvel ouvrier fit son apparition aux Églantiers.

– Adrien ! s'exclama Martin en voyant son ancien collègue arriver.

Ils s'embrassèrent comme de vieux compagnons.

– Qu'est-ce que tu fais là ? interrogea le futur marié.

– Ne cherche pas, Martin Liberté ! plaisanta Adrien. Entre nous, il faut bien s'entraider, n'est-ce pas ? J'ai suivi ton parcours, tu es des nôtres maintenant, je te félicite. Il va falloir que tu me racontes, mais, en attendant, au travail !

Adrien monta à l'étage s'occuper des cloisons et de la pose du parquet. Martin se dit que Jules Portant avait dû prévenir son ancien compagnon, le tenir au courant de ses projets de mariage et de ses projets de travaux. Il ne posa aucune question. La joie de voir Adrien ici lui suffisait.

Vers la fin du mois de septembre, Eugène rassembla ses forces et proposa à Bérangère de partir en balade avec la petite Aurore. Ils s'éloignèrent tous les trois des Églantiers en empruntant le sentier. L'enfant s'y amusa avec des riens, des morceaux de bois et des tiges de fleur, dénichés çà et là.

– Où nous emmènes-tu, grand-père ?

– Tu vas voir, ma Bérangère !

– Ne me fais pas languir ! J'espère que ce n'est pas trop loin. Tu marches difficilement, tu ne devrais pas te fatiguer.

– Oh, tu ne vas pas t'y mettre toi aussi. J'ai déjà ta grand-mère sur le dos.

Ils quittèrent le sentier et se retrouvèrent au bord d'un champ, non loin du grand pré.

– Voilà, nous y sommes ! dit Eugène, en plantant un bâton devant lui. C'est ici, Bérangère !

Elle le regardait mais ne comprenait pas. Alors le grand-père ajouta :

– Le trésor dont je t'ai parlé, c'est ici, il est là, sous nos pieds !

Elle scruta le sol autour d'elle. Cette histoire était donc vraie ?

– Il faut que tu le mémorises, ajouta Eugène. Tu es la seule à connaître mon secret. Comme ça, en cas de besoin, il te restera toujours ces pièces d'or. D'ici là, fais comme ton grand-père, range ça dans un coin de ta tête.

– Mais, grand-père, pourquoi maintenant ?

– Tu sais, ma chérie, je n'en ai plus pour très longtemps. Il me fallait bien te le dire avant de disparaître.

Des larmes coulèrent sur les joues de Bérangère.

– Non, je t'en prie, ne sois pas triste. Des jours si heureux approchent. Les travaux s'achèvent, tu vas bientôt te marier et je serai là pour vivre ces moments avec toi, je te le promets.

La jeune femme essuya ses larmes et prit son grand-père dans ses bras. Le trio reprit le chemin à l'envers, guidé par le bruit des marteaux des ouvriers.

Quelques jours plus tard, l'étage était fin prêt, aménagé pour accueillir Martin, Aurore et Bérangère. Il ne manquait plus qu'à agrandir l'escalier. Il fut temps pour Adrien de regagner ses pénates. Son coup de main avait accéléré le chantier. Entre les deux compagnons, les adieux furent touchants. Ils promirent de se revoir bientôt. Juste avant de partir, Adrien demanda :

– Cette cicatrice, là, tu ne l'avais pas avant ?

– Une rencontre entre compagnons, dirons-nous.

– La fameuse histoire de Mauriac ?

– Pour ça aussi tu es au courant ?

– Tout se sait chez les compagnons, Martin, sourit Adrien. Je suis fier que ce jour-là tu aies sauvé ton honneur.

Ce beau jour du 14 octobre 1899 arriva enfin. Ce fut un jour d'automne ensoleillé. Les châtaigniers donnaient leurs premiers fruits. Bientôt les pluies, le froid, l'hiver. Les cloches de l'église de Boisset sonnèrent pour accueillir les mariés, de retour de la mairie. Bérangère portait une robe blanche somptueuse. Dans ses bras, la petite Aurore était elle aussi vêtue de blanc. Il y avait du monde sur la place, des badauds et des curieux, comme à chaque mariage. Les gens attendaient la sortie de la cérémonie pour applaudir et pour scander « vive les mariés » !

Eugène avait laissé sa canne à la maison. En ce jour si précieux pour lui, il voulait paraître en forme. Son fils ne le quittait pas d'une semelle, ainsi qu'Hortense, qui connaissait mieux que quiconque son état. Gaston était heureux pour sa fille et pour Martin même si l'absence de Juliette lui pesait. Il aurait aimé qu'elle puisse assister au bonheur de leur fille, qu'elle puisse la voir si belle dans sa robe de mariée.

On fit la fête chez les Bayerols. Maria s'était donné du mal pour offrir aux invités un buffet à la hauteur de l'évènement. Jeanne s'occupait de sa filleule pendant que Bérangère et Martin profitaient de ces instants qu'ils avaient tant attendus. Ils avaient réussi à se retrouver après ce long compagnonnage, ces deux années de séparation. Ils étaient désormais mari et femme, une famille, avec une magnifique petite fille et un toit sous lequel s'épanouir.

Lorsque la nuit s'annonça, les époux, accompagnés de leur fille, de Gaston, d'Eugène et d'Hortense, regagnèrent les Églantiers. En arrivant, ils ne purent s'empêcher de s'arrêter pour admirer sous le ciel rose du soleil couchant la nouvelle toiture de la maison. « Voilà notre paradis », murmura Bérangère.

Une fois rentré, Gaston ne cessa de répéter à sa fille encore en tenue de mariée à quel point elle était belle. Il demanda à lui parler en privé.

– Encore des cachotteries, plaisanta Hortense.

Dans la chambre du bas, où Bérangère ne dormirait plus, son père lui remit des papiers en l'informant de leur contenu. Il lui expliqua qu'il s'agissait de son cadeau de mariage, que ces documents faisaient d'elle l'unique héritière des Églantiers. Devant l'incompréhension de sa fille, Gaston dut lui expliquer sa démarche plusieurs fois.

– Tu es fou, papa ! Mais pourquoi ?

– Parce que tu es l'être qui m'est le plus cher au monde, à côté de mes parents.

Ils restèrent là un moment, enlacés, ne sachant plus quoi se dire. Puis Bérangère osa :

– Et maman ?

– Je n'ai plus de nouvelles.

Ils sortirent de la chambre et Bérangère rejoignit Martin et sa fille à l'étage.

La nuit d'octobre recouvrit le pays tout entier et l'hiver passa sereinement. Au printemps, Eugène s'éteignit dans son sommeil. Bérangère quitta son travail à l'hôtel de la Gare pour consacrer tout son temps à sa fille, à sa grand-mère et à Martin. Devant la maison, le jeune homme réalisa une sculpture en bois. Elle représentait une main d'enfant qui tentait d'attraper un rayon de soleil. Un hommage à Eugène. Martin Liberté devint le charpentier le plus demandé du canton, le charpentier du paradis.

Antonin Malroux
En belle Auvergne, 2020

Note de l'auteur

Le vrai et la fiction

Si les personnages de ce roman sont fictifs, l'histoire se déroule dans mon village natal de Boisset, dans le charmant Cantal.

Né en 1942, je ne pouvais exploiter aucun souvenir datant de 1897, mais l'attachement à cette commune qui m'a vu naître a épinglé ma pensée, tenu mon cœur et guidé ma main tout au long de mon travail d'écriture.

Les lieux dont il est question existent : la gare, l'école, l'église, les ruelles, les châtaigniers, appelés ici les Académiciens, le ruisseau – qui se nomme le Moulègre – et les hameaux éparpillés, dotés de fierté et magnifiques.

« Village au fond de la vallée », pourrait-on dire aujourd'hui, comme chantaient Les Compagnons de la chanson...

Les Églantiers, devenus le Paradis pour certains, ont leur place dans mon imaginaire où j'ai connu le grand bonheur de musarder en compagnie de Bérangère et de Martin, de les côtoyer jusque dans leur intimité.

Boisset méritait bien une fois encore que j'y laisse courir ma plume.

Composition et mise en page
par Belle Page

Cet ouvrage a été imprimé par
CPI Firmin-Didot à Mesnil-sur-l'Estrée
en novembre 2020

MIXTE
Papier issu de
sources responsables
FSC www.fsc.org FSC® C108412

Le papier entrant dans la composition de ce produit
provient de forêts certifiées FSC®
FSC® se consacre à la promotion d'une gestion
forestière responsable.

Numéro d'éditeur : 2062122
Numéro d'imprimeur : 160788
Dépôt légal : décembre 2020

Imprimé en France